自我來黃州，已過三寒食。年年欲惜春，春去不容惜。

打開傳說中的書

About ClassicsNow.net

大約一百年前，甘地在非洲當律師。有天，他要搭長途火車，朋友在月台上送了他一本書。火車抵站的時候，他讀完了那本書，知道自己的未來從此不同。因為，「我決心根據這本書的理念，改變我的人生。」

日後，甘地被稱為印度聖雄的一些基本理念與信仰，都可溯源到這本書*。

◎

閱讀，可以有許多收穫與快樂。

其中最神奇的是，如果我們有幸遇上一本充滿魔力的書，就會跨進一個自己原先無從遭遇的世界，見識到超出想像之外的天地與人物。於是，我們對人生、對未來的認知與準備，截然改觀。

◎

充滿這種魔力的書很多。流傳久遠的，就有了「經典」的稱呼。

稱之為「經典」，原是讚嘆與敬意。偏偏，敬意也容易轉變為敬畏。因此，不論中外，提到「經典」會敬而遠之，是人性之常。

還不只如此。這些魔力之書的內容，包括其時間與空間的背景、作者與相關人物的關係、遣詞用字的意涵，隨著物換星移，也可能會越來越神秘，難以為後人所理解。

於是，「經典」很容易就成為「傳說中的書」——人人久聞其名，卻沒有機會也不知如何打開的書。

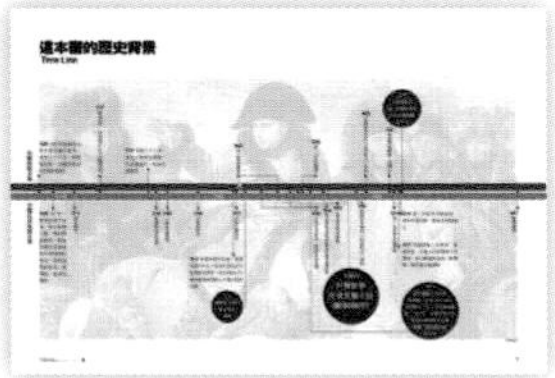

關鍵時間、人物、地點，在書前有簡明要點。

「1.0」：以跨越文字、繪畫、攝影、圖表的多元角度，破解經典的神秘符號。

我們讓傳說中的書隨風而逝，作者固然遺憾，損失的還是我們。

每一部經典，都是作者夢想之作的實現；每一部經典，都可以召喚起讀者內心的另一個夢想。

讓經典塵封，其實是在封閉我們自己的世界和天地。

◎

何不換個方法面對經典？何不讓經典還原其魔力之書的本來面目？

這就是我們的想法。

因此，我們先請一個人，就他的角度，介紹他看到這部經典的魔力何在。

再來，我們以跨越文字、繪畫、攝影、圖表的多元角度，來打開困鎖住魔力之書的種種神秘符號。

然後，為了使現代讀者不會在時間和心力上感受到太大壓力，我們挑選經典原著最核心、最關鍵的篇章，希望讀者直接面對魔力之書的原始精髓。此外，還有一個網站，提供相關內容的整合、影音資料、延伸閱讀，以及讀者互動的可能。

因為這是從多元角度來體驗經典，所以我們稱之為《經典3.0》。

◎

最後，我們邀請的就是讀者，您了。

您要做的唯一的事情，就是對這些魔力之書的光環不要感到壓力，而是好奇。

您會發現：打開傳說中的書，原來就是打開自己的夢想與未來。

*那本書是英國作家與思想家羅斯金（John Ruskin）寫的《給未來者言》（*Unto This Last*）。

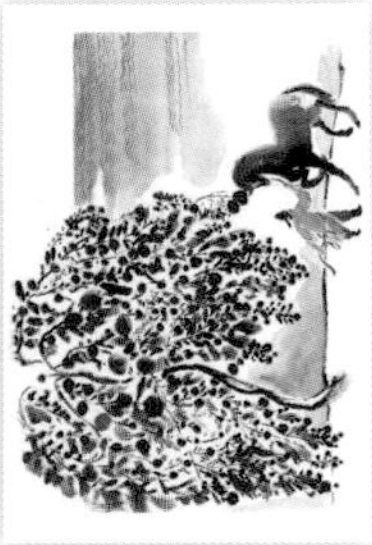

「2.0」：以圖像來重現原典，或者重新做創作性的詮釋。

「3.0」：經典原著中，最關鍵與最核心的篇章選讀。

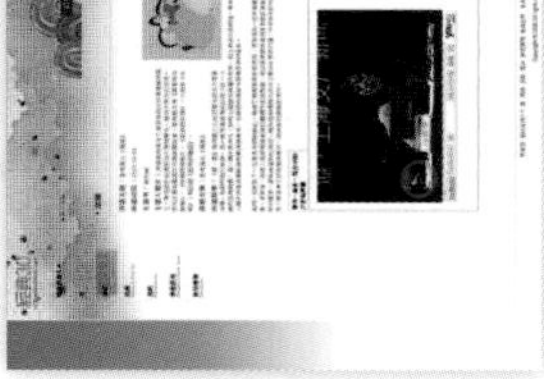

ClassicsNow.net網站，提供相關影音資料和延伸閱讀，以及讀者的互動。

經典3.0
ClassicsNow.net

蒼涼的獨白書寫

寒食帖

Calligraphy of Su Shi on Cold Food Festival

蘇軾 原著
蔣勳 導讀

他們這麼說這部作品

What They Say

黃庭堅

一〇四五～一一〇五

和蘇東坡亦師亦友的黃庭堅於後題跋：「東坡此詩似李太白，猶恐太白有未到處。此書兼顏魯公、楊少師、李西台筆意。試使東坡復為之，未必及此。它日東坡或見此書，應笑我於無佛處稱尊也。」黃庭堅雖欣賞《寒食帖》，但卻不免有些吃味，所以便說如果再讓蘇軾寫一次，未必會這麼好。

鮮于樞

一二四六～一三〇二

鮮于樞為元代的書法家，傳世作品約四十多件，分別有楷書、行書、草書三類，成就以草書為最高，其草書《石鼓歌》對後世影響至深。他曾讚譽《寒食帖》是繼《蘭亭序》、《祭侄文稿》之後的「天下第三行書」。

董其昌

一五五五～一六三六

明代的書畫家、鑑賞家董其昌對蘇東坡的作品評價甚高，並稱讚《寒食帖》是他認為最好的蘇軾作品。他在黃庭堅的題跋後面，寫上兩行小楷，恭敬地說：「余生平見東坡先生真跡不下三十餘卷，必以此為甲觀。」

所謂無意於佳
乃佳者

乾隆

一七三六～一七九五

清朝乾隆皇帝非常熱衷於收集古書畫，《寒食帖》亦是其中之一。乾隆不僅在引首題「雪堂餘韻」四字，加蓋許多大印，並且親自題跋於帖後：「東坡書，豪宕秀逸，為顏楊以後一人。此卷乃謫黃州日所書，後有山谷跋，傾倒已極。所謂無意於佳乃佳者……。」

了解東坡
如何在自我調侃
自我嘲笑裏
完成一種
毀譽之外的豁達

蔣勳

一九四七～

這本書的導讀者蔣勳，是知名作家及藝術評論家。他認為：「《寒食帖》看久了，逐漸了解不自詩、不賣弄、不矯情，對一個創作者的艱難。了解東坡如何在自我調侃、自我嘲笑裏完成一種毀譽之外的豁達。豁達指的是生命本質的了悟，了悟之後，下筆為文學，下筆為書法，都有不同境界的領悟。」

你要說些什麼？

你

？

在二十一世紀此刻的你，讀了這本書又有什麼話要說呢？請到classicsnow.net上發表你的讀後感想，並參考我們的「夢想實現」計畫。

和作者相關的一些人

Related People

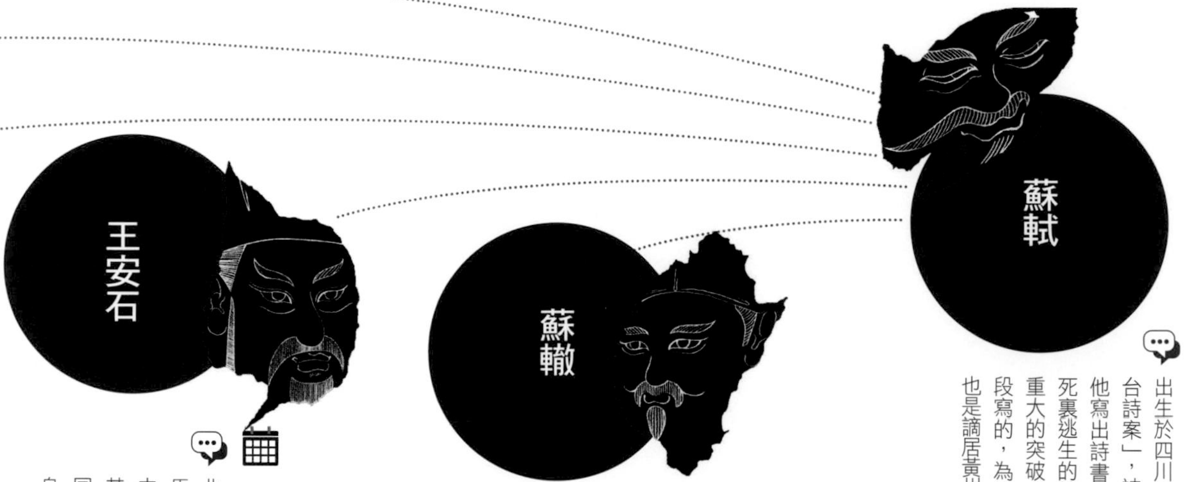

一〇三六～一一〇一

出生於四川眉山。在四十三歲時發生「烏台詩案」，被貶到黃州，也是在這個時期他寫出詩書均為絕品的《寒食帖》。這次死裏逃生的轉折，對他人生的體悟是一次重大的突破，許多最好的詩詞都是這個階段寫的，為後人所熟知的「東坡居士」，也是謫居黃州時居於東坡而取的號。

一〇三九～一一一二

與父親蘇洵、兄長蘇軾合稱「三蘇」。他與蘇軾同年中進士，兄弟感情甚篤，蘇軾因為「烏台詩案」入獄時，他竭力營救，蘇軾在獄中還寫了一些絕命詩，其中有云：「與君今世為兄弟，再結來生未了因。」

一〇二一～一〇八六

北宋著名的政治家，因為推行新法而與司馬光、蘇軾等人執有不同政見，在野史中也有不少蘇軾和王安石鬥智的小故事。其實，雖然王安石和蘇軾政治看法可能不同，兩人一生卻彼此惺惺相惜，蘇軾因為烏台詩案入獄時，王安石也參與搶救。

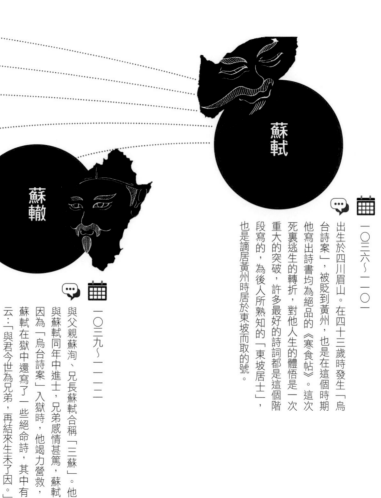

一〇一六～一〇七九

宋仁宗時的皇后。宋神宗即位時尊為「太皇太后」。蘇軾因為「烏台詩案」入獄時，就是因為曹皇后和神宗求情，並說出蘇軾兄弟考上進士時，仁宗非常高興，認為為子孫找了兩個宰相人才，這才使神宗排除眾議釋放蘇軾。

一〇四五～一一〇五

與秦觀等人並稱蘇門四學士，詩與蘇軾並稱「蘇黃」，書法也與蘇軾、米芾、蔡襄並稱宋四家。蘇軾與他亦師亦友，他也因為蘇軾的關係多次牽連被貶。

一〇六三～一〇九六

蘇軾的側室。原為歌妓，十二歲時蘇軾為她贖身，數年後收為侍妾。她陪伴蘇軾二十三年，渡過最失意的日子，並為他生下一子，可惜後來夭亡。三十四歲時病逝於惠州。

這本書的歷史背景
Timeline

一九四五 中日戰爭結束，《寒食帖》回到中國

一九二三 日本關東大地震，東京市引發大規模的火災。日本收藏家菊池惺堂從烈火中將《寒食帖》搶救出來

一九二二《寒食帖》被顏世清帶到日本

一八八九 張之洞任湖廣總督，期間曾在武昌欣賞過《寒食帖》

一八六〇 第二次英法聯軍，火燒圓明園，《寒食帖》流入民間，為廣東人馮展雲所得

清

一七八九 巴黎市民攻陷巴士底監獄，法國大革命爆發

一七三五 清高宗乾隆即位，乾隆帝好詩、書、畫，作品極多

明

一三二八 元文宗圖帖睦爾即位，文宗頗具漢文化修養，喜愛作詩，精於書畫

元

一二七九 元兵陷崖山，陸秀夫負帝昺投海，南宋亡

一二七一 忽必烈即中國帝位，是為元世祖

中國地區大事

- 九六〇 陳橋兵變，趙匡胤稱帝，國號宋，是為宋太祖
- 一〇〇四 宋、遼結「澶淵之盟」
- 一〇四一 西夏入寇，韓琦、范仲淹禦之
- 一〇四三 慶曆三年，范仲淹當政，上「十事疏」，推行慶曆新政
- 一〇六九 宋神宗熙寧二年，王安石為相，展開「熙寧變法」，以富國強兵為目標，推動青苗法、農田水利法和募役法等新法。但由於守舊派的反對，以及實際執行上的缺失，終至失敗
- 一〇八二 蘇軾寫作《黃州寒食詩帖》
- 一〇八五 司馬光為相，盡罷新法，史稱「元祐更化」，改革派人士幾乎全部遭貶。從此宋朝陷入新舊黨爭的泥沼，前後歷時五十年
- 一一〇一 黃庭堅見到《寒食帖》大為傾倒，在詩稿上題跋
- 一一二七 金擄徽宗、欽宗，史稱「靖康之禍」，北宋亡；康王構即位於南京，是為宋高宗
- 一一四一 岳飛被殺；宋、金達成和議
- 一一六五 宋、金議和，史稱「乾道和議」
- 一二〇八 宋、金訂約，史稱「嘉定和議」
- 一二三四 宋聯蒙古滅金

宋

中國以外地區大事

- 九六二 神聖羅馬帝國建立
- 一〇五四 基督教分裂為天主教和東正教
- 一〇六六 英國諾曼王朝開始
- 一〇九六 女真阿骨打稱帝，國號大金
- 一一九二 日本鎌倉幕府開始
- 一二〇六 帖木真建蒙古帝國，是為成吉思汗
- 一二一五 英國貴族進軍倫敦，逼迫英王約翰簽署《大憲章》

這位作者的事情
About the Author

一一〇一 徽宗即位，大赦。蘇軾北返回京，然而到了常州卻臥病不起，七月二十八日卒於常州。作《六月二十日夜渡海》

一〇九八 紹聖五年，貶儋州，此為當時中國最偏遠的蠻荒之地

一〇九四 宣仁太后去世，哲宗親政，因與新黨不和，被貶至惠州，蘇軾帶著幼子蘇過及妾朝雲前往。作《八月七日初入贛遇惶恐灘》

一〇九一 任命為吏部尚書、翰林學士承旨，後又出知潁州、揚州、定州

一〇八九 與舊黨意見紛歧，自請外調杭州

一〇八六 哲宗即位，宣仁太后聽政，復用舊黨，召蘇軾為禮部郎中

一〇八二 蘇軾被貶黃州第三年時，作《黃州寒食詩帖》

一〇八〇 蘇軾謫居黃州時生活清苦，因友人資助，得東坡一地耕種，築「雪堂」，自號東坡居士。這段時期蘇軾創作最多，有《前後赤壁賦》、《臨江仙》、《念奴嬌》

一〇七九 由於蘇軾在詩文中揭露新法推行中的流弊，神宗元豐二年，御史台的官員將蘇軾逮捕下獄，史稱「烏台詩案」。蘇軾在獄中幾至於死，後來經過曹太后、王安石等人出面力挽，貶黃州團練副使安置

一〇七七 任徐州太守，與民同治水患；作《水調歌頭》

一〇七五 任密州知州；作《超然台記》

一〇七一 外調杭州通判，作《飲湖上初晴後雨》

一〇九五 法蘭西史詩《羅蘭之歌》最早的版本出現

一〇八六 英王威廉一世下令編造土地清冊《末日審判書》

一〇八四 司馬光花費十九年完成史書《資治通鑑》

一〇七七 描述諾曼第公爵攻打英國的「巴約掛毯」完成

作者的事情

一〇三六 蘇軾，字子瞻，自號東坡居士。北宋仁宗景佑三年十二月十九日，出生於眉州眉山，父親為蘇洵，母程夫人，外家為眉山巨富

一〇三九 弟弟蘇轍出生

一〇四五 父親蘇洵宦遊四方，由母親程氏親自教導讀書

一〇五四 與王氏成婚

一〇五六 蘇洵帶領軾、轍，赴京師參加考試，兩兄弟順利中舉

一〇五七 仁宗嘉祐二年，蘇軾與弟蘇轍一同應進士試，蘇軾以一篇《刑賞忠厚之至論》得到主考官歐陽修的賞識。殿試時，他獻上二十五篇進策，很得仁宗皇帝的欣賞，評為翰林學士

一〇六一 任鳳翔府節度判官，作《喜雨亭記》

一〇七〇 熙寧三年，因王安石變法，蘇軾上神宗皇帝書，反對新法

當時其他人的事情

一〇三七 波斯學者伊本・西那完成醫藥百科全書《醫典》

一〇四一 畢昇發明活字印刷術

一〇五九 歐陽修作《秋聲賦》

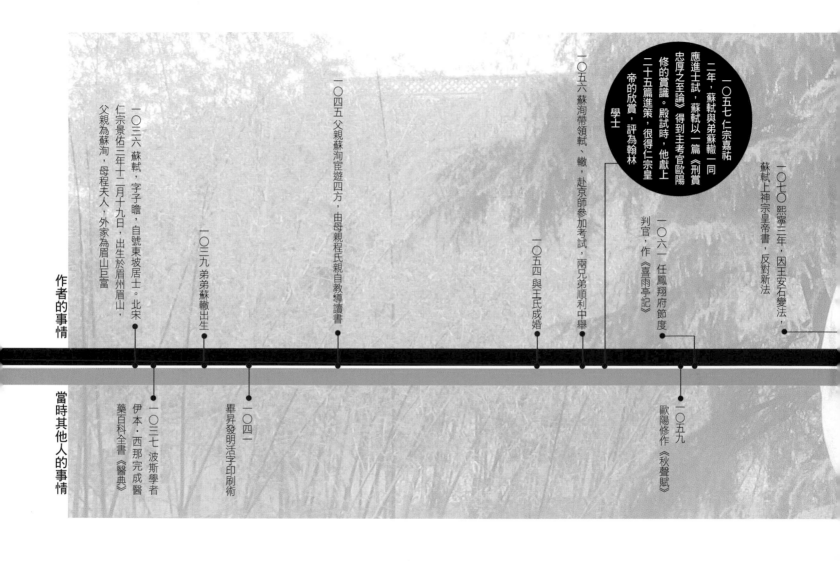

這部作品要你去旅行的地方

Travel Guide

杭州

● **蘇堤** 位於西湖西部，全長近三公里，是蘇軾任杭州知州時，疏浚西湖，利用挖出的湖泥構築而成，後人命名為「蘇堤」。「蘇堤春曉」為西湖十景之首。

● **西湖** 在杭州市西，周長十五公里，三面環山。西湖以其湖光山色和深厚人文底蘊，吸引了歷代文人墨客。蘇軾居杭州時，經常遊覽西湖，寫下《飲湖上初晴後雨》等詩文。

江蘇常州

● **艤舟亭** 南宋時，常州市民為紀念蘇軾曾泊舟於此，而建「艤舟亭」作紀念。蘇軾曾十一次到過常州，最後終老於常州。曾作《除夜野宿常州城外》詩一首。

鄂州西山

● **古靈泉寺** 亦名西山寺，為東晉太元年間南方淨土宗初祖慧遠所建。蘇軾被貶黃州後，時常到西山遊覽，並拜訪靈泉寺。

● **菩薩泉** 古靈泉寺前有菩薩泉，泉水甘美，蘇軾曾為此寫過《菩薩泉銘》，並留下「送行無酒亦無錢，勸爾一杯菩薩泉」的詩句。

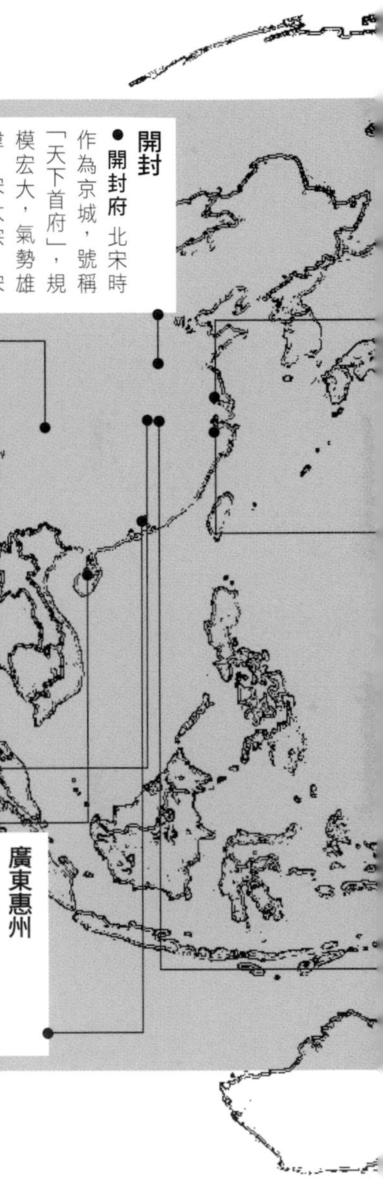

開封

● **開封府** 北宋時作為京城，號稱「天下首府」，規模宏大，氣勢雄偉。宋太宗、宋真宗、包拯、歐陽修等人都曾任開封府尹，蘇軾也曾任開封府推官。

四川眉山

● **三蘇祠** 原是北宋文學家蘇洵、蘇軾、蘇轍父子三人的舊宅，元代時改為祠堂，後經多次重修，是一座富有清代四川特色的園林建築。

廣東惠州

● **東坡井** 東坡井位於惠州市東區白鶴峰上，是蘇軾在惠州故居的重要遺址，現保存完整。

● **朝雲墓** 原蘇軾愛妾朝雲，在隨他謫居惠州時病故，年三十四歲。葬於棲禪寺東南松林中。墓由僧人築亭覆蓋，名為六如亭。

湖北黃岡

● **東坡赤壁** 位於古城黃州的西北邊，清康熙末年更名為「東坡赤壁」。東坡赤壁的樓閣始建於西晉初年，後多次重建。

海南島儋州

● **東坡書院** 蘇軾被貶至海南島後，在友人的資助下蓋了這間得以棲身的「載酒堂」，在此以文會友、講課教學。後改為東坡書院。

目錄 Contents

蒼涼的獨白書寫 寒食帖

1.0

「閱讀經典」的內容多是一種書籍。或談《易經》，或談《史記》，或談《莊子》，或談「李商隱詩」，在經、史、子、集裏選一著作來介紹。

但我選了蘇東坡的《寒食帖》。

《寒食帖》是蘇東坡大約在一〇八二年寫的詩稿墨跡，是文學，也是書法，被稱為「天下行書第三」，現在收存在台北故宮。

書畫的「經典」很多，但歸類比較難。受限於現代書籍的規格，也常常在經典的閱讀裏被忽略。

一九七〇年前後我在故宮隨莊嚴老師上「書畫品鑑」，通常都是調出一卷書法或一軸山水，看書畫，也看收藏印章、題記、跋尾，很難歸類在經史子集任何一部之中，至今常常會懷念當時那種「閱讀」經典的方式。

寒食帖題簽

一九七〇年在故宮跟隨莊嚴老師上課，當時《寒食帖》在王世杰手上，寄存在故宮，看到的人還不多。

莊嚴老師帶著幾個研究生看這卷子，畫卷沒有打開，就從畫卷外面的題簽開始講起。

題簽是清末民初的梁鼎芬寫的。很精細的一行小楷題簽「宋蘇文忠黃州寒食帖真跡」。下面兩行小字落款——「張文襄稱為海內第一」，「宣統癸丑二月梁鼎芬題記」。

梁鼎芬是廣東人，光緒六年的進士，曾經因為反對李鴻章議和被貶官。他回廣東後從事教育，得到兩廣總督張之洞賞識，以後一直做張的幕僚。辛亥革命後，梁鼎芬成為保皇黨，反對康梁維新，更反對孫文革命，力保滿清，曾出任末代皇帝溥儀的師傅。這題簽寫於「宣統癸丑」，已是一九一二年，辛亥革命次年，梁鼎芬仍奉清正朔「宣統」，表示不接受民國。

梁鼎芬對張之洞極崇敬，有知遇之恩。張之洞也曾經看過

烏台詩案 發生於宋神宗元豐二年，蘇軾就任湖州知州。照例，地方官到任後必須上「謝表」感謝皇帝恩典。以李定、舒亶為首，支持新法的朝臣抓住了蘇軾謝表中的幾個用詞，攻擊他以言詞譏諷朝廷。神宗起初並不願追究此事，但由於多位御史連章彈劾，神宗只好讓御史台將蘇軾拘捕至京師審問。所謂的「烏台」指的便是監察官員施政言行的「御史台」。

蘇軾在生死邊緣掙扎，心神驚惶無定，甚至幾度企圖自盡。其間，弟弟蘇轍和許多朝士出言營救蘇軾。最後連曹太后都向神宗説，以前仁宗起用蘇軾兄弟時，曾高興地表示他為子孫找到兩位宰相。

於是這件詩獄，在同年年底結案。蘇軾貶為黃州（今湖北黃岡）團練副使．本州安置．不得簽書公事。蘇軾本人受到懲處之外，蘇轍、王詵（與蘇軾交好的駙馬）同時被貶，連平時往來較密切的司馬光等數十人也處以罰銅。

（左圖）明 張路《蘇軾回翰林院圖》（局部）
此圖描繪皇后派人送蘇軾回翰林院，並讓侍從摘下自己座椅上方懸掛的一對金蓮燈為他照明的情形。

《寒食帖》，認為是難得一見的蘇軾真跡，一度想要收藏。張之洞死後，賜謚「文襄」，梁鼎芬睹物思人，特別在題簽上標註「張文襄公稱為海內第一」，是讚美《寒食帖》，也是懷念故人老友。

《寒食帖》上梁鼎芬的題簽說明了這個卷子在清末民初的際遇。

《寒食帖》外面有一段仿宋緙絲的「包首」，暗金色的底，上面織出湖綠色松竹。

一九七〇年，我看書畫的經驗並不多，對畫的捲收展放，「題簽」的辨識，「包首」的材料考究，都從莊嚴老師指導學起。還沒開始講《寒食帖》，周邊的細節已經學了不少。

打開《寒食帖》先看「引首」，「引首」有點像書冊的題目，常常是名人題字。《寒食帖》的「引首」是乾隆題的四個字——「雪堂餘韻」。「雪堂」是蘇軾貶謫黃州時的書房名稱，這個書房大概建成於神宗元豐四年八月五日（一〇八一年）。元豐二年（一〇七九年）八月蘇軾被人誣陷，以寫詩得罪當政者，遭遇歷史上著名的「烏台詩獄」，被囚禁在京城御史台獄中，日夜審問，此地烏鴉群聚，屬於中央台省機構，一般人都俗稱「烏台」。

負責勘問的御史李定等人欲置蘇軾於死罪，蘇軾在獄中從囚房窗口眺望一代青山，在給弟弟蘇轍的絕命詩裏有名句：

是處青山可埋骨，他年夜雨獨傷神，
與君今世為兄弟，再結來生未了因。

中國長卷的構造　「題簽」是書籍、卷冊封面上所貼的細長紙條或布條，上面題寫著書籍或卷冊的名稱。《寒食帖》的題簽為左圖（p.16）最右邊的簽條由乾隆題的「蘇軾黃州詩帖」。

「引首」位於畫心前，多半用篆書或隸書題寫畫名或贊辭。《寒食帖》的引首見左圖（p.17）乾隆所題的「雪堂餘韻」四字。

「畫心」部分為蘇軾《黃州寒食詩》二首（p.27、39）及乾隆（p.49）、黃山谷（p.50-51）和董其昌的題跋。

畫心之後為**「拖尾」**，供鑑賞者賞玩時書寫題跋。《寒食帖》的拖尾共有張縯、顏世清、羅振玉、郭枏、內藤虎和王世杰的題跋（p.54-65）。

「隔水」是將畫心、引首、拖尾連接起來的部位。《寒食帖》的隔水為引首前後和連接拖尾的裱綾，使用了《易經》爻卦紋織成圖案（左圖）。

「騎縫」指兩紙接合處的中縫。為了確認文件各部的真實性，於中縫處所蓋的印為騎縫印。若長卷被拆解重裱，可從騎縫印的痕跡看出前後段落來，有助保持作品的完整性。《寒食帖》的騎縫和騎縫印見於p.25、p.39、p.49、p.54-55圖。

雪堂餘韻

將近三個月的囚禁勘問，期間也有許多人在暗中營救。神宗皇帝心智開明，並不昏庸，對於蘇軾的才華一向也欣賞。神宗祖母，當時已是太皇太后的仁宗曹皇后，聽說蘇軾下獄，更是不斷談起當年仁宗如何賞識蘇軾蘇轍兄弟，視為青年才俊。當時仁宗已年老，蘇軾不過是二十歲的青年，仁宗因此認為這樣的人才要留給後代子孫治國之用。曹皇后轉述這一段歷史，神宗感念祖父愛才惜才，而自己卻把祖父選拔賞識的人才囚禁獄中，要被御史定重罪，心中大為慚愧惶恐。蘇軾的文字獄一案因此在神宗堅持下輕判。蘇軾下放黃州，被要求「思過自新」，造就了蘇軾這一段時間在黃州文學書法各方面創作的高峰。

蘇軾在元豐二年（一〇八〇年）下放黃州，起初借居在定惠院，後來經過好友馬夢得的幫助，也得到黃州太守徐君猷批准，在黃州城東一片山坡的廢棄舊營壘棲身。

蘇軾在當地父老協助下，除草開荒，經過一年，整頓出一個可以居住的規模。元豐四年（一〇八一年）八月，他的書房建成，蘇軾提筆寫了「東坡雪堂」四個字的匾額。「東坡」是城東一片坡地，意外成了蘇軾落難時的棲身之處。他自稱東坡居士，經歷大難，似乎從此開始，死去了「蘇軾」，活過來一個全新的生命——東坡。

書房始建於大雪紛飛的季節，建成已是夏季，東坡紀念大雪的天寒地凍，彷彿更可以砥礪頑強不屈服的生命意志，因此命名「雪堂」，並且在書房內牆壁繪畫雪景，呼應著他在黃州時寫的詩句「揀盡寒枝不肯棲，寂寞沙洲冷」，正也是「雪堂」二字更深的隱喻吧。

黃州時期東坡許多重要的作品都在「雪堂」寫成，如《念奴嬌》、《浪淘沙》、《赤壁賦》，當然，還有《寒食帖》。乾隆在「引首」寫的「雪堂餘韻」也在讚嘆《寒食帖》是東坡在「雪堂」這個留下最可靠也最珍貴的手書墨跡。

「雪堂餘韻」四個字寫在湖綠石青色的畫束上，一枝淡墨

宋朝新舊黨爭　源於宋代的知識分子為了改進當時政治、經濟、武備、社會等各方面的問題，一直有各式各樣的議論和想法。至宋神宗時，起用了王安石進行大刀濶斧的政治改革。對於王安石的各項政策，有些人支持，有些人反對。支持者被稱為「新黨」，反對派則是「舊黨」。雖然以黨名之，大體指的也是採取同一種政治立場、意見的人群，可是這個「黨」只是對同樣政見者的一種統稱，並不是現代西式政治模式的「政黨」。

但是如此積極的做法，在司馬光等較為保守的士大夫眼中，成了「與民爭利」，有違儒家訓示的行為。而經世理想遇上政治權位，使得有些爭論成了意氣之爭，甚或淪為登上富貴的台階。變法遂蒙上政治鬥爭的陰影。

（左圖）《三才圖會》赤鼻山

蘇軾謫居黃州時，與友人同遊湖北黃岡赤鼻磯，前後寫下《念奴嬌·赤壁懷古》、《前赤壁賦》、《後赤壁賦》等緬懷三國之作。雖然赤鼻磯並非真正的赤壁所在地（現今多認為三國赤壁應在湖北蒲圻或湖北嘉魚），但蘇軾詞影響深遠，因此黃州赤鼻磯又被後人稱作「東坡赤壁」。

赤鼻圖
赤鼻山在黃州府城西北漢川門外屹立
而有赤色曰名一名赤壁磯以爲曹操敗
與操遇于赤壁在武昌府樊口之上江之
作赤壁二賦非周瑜曹操戰處也

雙勾折枝花卉，襯映著乾隆有點柔媚的書法。「引首」正上方有乾隆白文「乾隆御筆」印一方。

「引首」前後「隔水」裱綾，是用易經文卦紋織成圖案，前「隔水」上還有乾隆親筆寫的簽條「蘇軾黃州詩帖」，落款是「長春書屋鑑賞珍藏　神品」，下鈐「乾隆宸翰」朱文小璽。「神品」二字上也重疊蓋有「神品」連珠印，可見乾隆收藏到這一件作品的得意與重視。

寒食節

《寒食帖》原來是《寒食詩稿》，元豐五年（一〇八二年），「雪堂」建好的第二年春天「寒食節」，東坡寫了兩首詩，留下這篇草稿墨跡。

「寒食」是古代的節日，從冬至算起一百零五天是「寒食」，因此多在來年春天清明節前一日或兩日。

「寒食節」是古代春祭的節日，禁火三日，吃冷食，爐竈無煙，因此也叫「冷節」或「禁煙節」。

「寒食節」又流傳著另一個一般人比較熟悉的有關介之推的歷史故事。

春秋時代，晉國國君獻公寵愛妃子驪姬，驪姬要安排兒子奚齊繼位，因此毒死太子申生，又要加害申生的弟弟重耳。

介之推等大臣，為了避禍，帶領重耳，出亡晉國。流亡期間，眾人備受苦難。重耳一度沒有食物吃，饑餓之時，介之推從腿股上割下一塊肉給重耳吃。「刲骨奉主」，重耳極為感動。

十九年後，重耳回到晉國，繼位為晉文公，要重用流亡期間的隨侍者，特別是介之推。誰知介之推卻奉母隱居綿山，不肯出仕，使得文公思念不已。後來有近臣建議，火燒綿山，介之推極孝順母親，一定會帶母親避火下山。文公下令山上留一小徑，期待介之推會從小徑逃出來。大火燒山三日，介之推沒有蹤跡。三日後火滅，在山上一棵焦枯的柳樹

天下行書第一　為王羲之的《蘭亭序》。東晉永和九年（三五三）暮春，王羲之於會稽山（今浙江紹興南）北與謝安等文人聚會。會中作詩賦卅七篇，集為《蘭亭詩》。羲之為詩集作序，就是這篇《蘭亭集序》。

天下行書第二為唐代顏真卿的《祭侄文稿》。是顏真卿祭奠在安史之亂中殉國的堂侄季明所作的祭文。

《蘭亭序》、《祭侄文稿》和《寒食帖》三篇書法傑作的排序一般認為是元代書法家鮮于樞（一二四六－一三〇二）所提出。可是較可確認的是，我們可以在米芾（一〇五一－一一〇七）《書史》中讀到他評論原蘇耆家所藏的三本《蘭亭序》時，留下了：「樂毅論正書第一，此乃行書第一也。」之言。而鮮于樞題於《祭侄文稿》真跡之後的跋文則可見「唐太師魯公顏真卿祭侄季明文稾，天下行書第二」這樣的字句。

（左圖）山西綿山，據傳是當年介之推被焚而死之處，亦稱介山。現今綿山以山勢險峻、處處有景，並留有許多古剎、古碑刻及古岩洞而成為著名的旅遊景點。

上找到介之推和母親擁抱著的屍體。文公大慟，悔恨不已，命令天下禁火三日，紀念介之推，以後每年此時都爐竈禁火，舉國冷食，成為流傳久遠的「寒食節」的來源。

「寒食節」在唐宋是重要節日。對於忠心耿耿的文人，對於懷抱忠君愛國之思的士大夫，對於孤苦受誣陷讒言的謫臣，被君王下放，遭受污辱，孤獨困苦之中，彷彿介之推緊抱柳樹的焦屍，用頑強的肉體對抗著外在逼迫煎熬的熊熊烈焰。

唐人詩裏有寫「寒食」的詩句——紙灰飛作白蝴蝶，淚血染成紅杜鵑。

蘇東坡下放黃州第三年，遇到寒食節，他想起死去的介之推。沮鬱荒涼的春天，不斷下著雨，數月不停的雨，一切都煩悶潮濕。雨中杜鵑、海棠一簇一簇開放，腥紅如血，白如雪花，潔淨如淚，清明祭掃墳墓的人，燒著紙錢，紙灰在空中飛舞，像翩翩追逐的白色蝴蝶，像死去又回來的不甘心的魂魄。

「寒食節」吃著冷菜，心中卻比冷食更為寒涼，聽著淅淅瀝瀝的雨聲，蘇軾在新安頓好的「東坡雪堂」，冰冷的爐灶，潮濕的蘆葦柴梗，看著墜落在泥濘中的海棠，紅得像胭脂，白得像雪，一朵朵花，卻都墜落污泥，弄髒了自己。

東坡要寫詩了，寫一個春天排遣不去的愁緒，寫一個生命在窮途末路絕望的哭聲，寫一個曾經熱烈的青年，如今失去一切夢想與熱情，如同死灰的心境。

記憶的疊壓

《寒食帖》是東坡一〇八二年寫的詩稿原作，但是我們今天看，上面重疊了許多時代的記憶。記憶是非常複雜，有元豐五年蘇軾親筆留下的字的墨跡，有大概北宋一一〇一年左右，東坡好友黃山谷在後面題的跋尾，有北宋亡國，南宋張縯題的一段家族先祖收藏的故事，同時在許多紙與紙的「騎

祭侄文稿 被譽為「天下行書第二」。唐玄宗天寶十四年，安祿山、史思明起兵叛亂，就是所謂的「安史之亂」。這場亂事時間上長達七年，空間則波及整個華北。亂起之時，顏真卿正擔任平原太守。他的堂兄杲卿則擔任常山太守。杲卿遂派遣他的三子季明與真卿聯絡，共同舉義軍抗敵。經過將近一個月的拉鋸交戰，常山仍兵窮糧盡，力竭淪陷。季明被殺害，杲卿被俘後送往早已被攻佔的洛陽。杲卿當著安祿山的面，大罵他的不忠不義。安祿山盛怒之下，下令將他綁在橋柱上，一刀刀斬斷他的骨節。杲卿依然繼續破口大罵，甚至到舌頭被割掉也沒有停止，直到斷氣。常山收復之後，真卿讓幸而生還的杲卿長子泉明，至河北一帶找回流落的家眷遺孤，同時帶回杲卿的屍體，和季明屍首僅能尋獲的頭顱。正式名稱為《祭侄贈贊善大夫季明文》的奠殉國侄兒季明顱首的祭文，便是顏真卿祭文，也是書法史上的重要作品。

（左圖）宋 李唐《晉文公復國圖》（局部）

《晉文公復國圖》主要繪晉文公重耳出奔、流亡，最後復國、圖霸的故事。重耳尚未繼位時，受驪姬之害被迫出奔晉國，據傳當他流亡至魏國，因為旅途無糧可食，介之推竟割下自己的腿股之間肉給晉文公食用。

縫」位置都蓋了「埋輪之後」的騎縫印。南宋亡國，有元代文宗皇帝在左上角留下的一方「天曆之寶」的押角印。然後，元亡明起，明代大收藏家大鑑賞家大書法家董其昌也留下了跋文：「余生平見東坡先生真跡不下三十餘卷，必以此為甲觀。以摹刻戲鴻堂帖中。董其昌觀并題」，董其昌也認為這是他生平見過最好的東坡真跡。明代還有「韓逢禧」、「韓世能」父子收藏過，也都留有印記。明朝滅亡，清初時的大詩人滿清貴族納蘭容若性德收藏到這卷書法，畫卷上好幾方他的印「成子容若」、「楞伽」、「成悳」、「楞伽真賞」都是他的印記，他卻沒有留下文字題記，被王國維譽為清代最好的詩詞大家，可惜謙遜不留文字。

到了十七世紀，乾隆皇帝收入內府，在上面題詩，密密麻麻地蓋印，「古希天子」、「八徵耄念之寶」、「太上皇帝之寶」三個大印都是乾隆的。乾隆題簽，題引首，在後隔水上寫評語，一次又一次用印，從七十歲的「古希天子」到八十歲的「八徵耄念之寶」，到他執政六十年退位後的「太上皇帝之寶」，乾隆把自己一生的時間記錄在《寒食帖》中。「石渠寶笈」是乾隆九年（一七四四年）把內府收藏書畫文物編目，第二年編成四十四卷，統稱「石渠寶笈」，書畫上凡蓋有「石渠寶笈」這方印都表示內府收藏的精品。乾隆收藏書畫上常見「宜子孫」一方印，貴為帝王，似乎他覺得最適宜傳承給子孫的禮物，不是權力或財富，而是文化。乾隆稱自己是「十全老人」，「十全」是沒有什麼遺憾。但是他也許有遺憾，在文化和審美上的遺憾，他像是害怕被遺忘，在書畫裏密密麻麻留印記題記，好像在一堆人裏面怕別人看不到他。

乾隆在時間上也許是寂寞的吧？然而他是盛世君王，國富兵強，天下太平，《寒食帖》也記憶著那盛世繁華的熱鬧。留在皇宮裏的《寒食帖》經歷一百年的平靜，最後，到了紛紛擾擾的十九世紀，歐洲列強攻進皇宮，火燒圓明園，《寒

董其昌　（一五五五－一六三六）是活躍於晚明的書畫家。他的字是「玄宰」，他在自己書畫的題字、落款上，時常使用這個稱號。

董其昌對於書畫的學習十分強調師法古人。在繪畫上，他主要臨習董源、巨然、米芾、元四大家（黃公望、王蒙、倪瓚、吳鎮）一系列的南方山水，以墨筆畫為主。他還模擬禪宗的南北宗，為繪畫提出理論層面的「南北宗論」，分梳繪畫的源流，並將李思訓和王維分別推為北宗和南宗始祖。而他自己走的便是淡柔的南宗路線，也是他所推崇的一派。這項理論引發諸多議論，也影響深遠。書法方面，他習過顏真卿、虞世南後，上追魏晉，仿《黃庭經》和鍾繇。認為氣勢和結構是書法的兩大重點，此外，如何運筆，也掌握了字的生命。

（左圖）《寒食帖》乾隆印，由上至下、由右至左分別是「五福五代堂古稀天子之寶」、「八徵耄念之寶」、「太上皇帝之寶」、「壽」、「石渠定鑑」、「寶笈重編」、「觀書為樂」、「古希天子」、「乾隆鑑賞」。

食帖》上火燒煙燻的痕跡直逼畫心。

一九二〇年代，《寒食帖》傳入日本。經過東京大地震，又經過二次世界大戰美軍轟炸東京，煙硝火燎之氣，都在紙上，使人心驚，彷彿歷史劫難歷歷在目。

《寒食帖》一千年的傳承，通過多少朝代興亡，然而似乎

它的劫難還沒有講完。

乾隆盛世的硃紅醒目印記疊壓著煙火漫漶的末世戰亂痕跡，都是記憶，都是《寒食帖》成為「經典」不可缺少的記憶。

什麼叫做書畫的經典？也許是傳承了時間的痕跡吧，記得在莊嚴老師辦公室，我細心看的，不完全是東坡的字，而更是上面一點火燒水漬的痕跡，時間的痕跡，一張紙，經歷了一千年，經歷了人世間滄桑，時間這樣過去，「逝者如斯」，時間所有痕跡的記憶都在紙上留下了。

「花」與「泥」的兩難

一〇八二年，下放黃州第三年，寒食節，蘇東坡寫了兩首五言詩，詩的原稿成為書法名作，被稱為《寒食帖》。明朝大鑑賞家董其昌認為是傳世蘇書最好的一件，也被認為是王羲之《蘭亭序》、顏真卿《祭侄文稿》之後的「天下行書第三」。

《寒食帖》既然是詩稿，應該先讀文學的部分。

詩稿又是作者親筆原始手稿，因此讀完文學部分，接著就可以從筆跡欣賞書法。文學與書法，是兩個不同的層次。閱讀作者原稿，交錯往來於文學之美與書法之美間，是以原稿來閱讀經典最大的快樂，與閱讀排版印刷的書籍感覺不同。

自我來黃州，已過三寒食。年年欲惜春，春去不容惜。
今年又苦雨，兩月秋蕭瑟。臥聞海棠花，泥污燕支雪。
闇中偷負去，夜半真有力。何殊病少年，病起鬚已白。
（注：「少年」和「病起」之間的「子」字，蘇東坡點去不要）

「自我來黃州，已過三寒食」——東坡寫詩本來自然率性，「烏台詩獄」之後，更是反璞歸真，用字簡單，語意明白——自從來到黃州，已經過了第三個寒食節——沒有難懂的

（左圖）《寒食帖》的第一首。

自我來黃州已過三寒
食年年欲惜春春去不
容惜今年又苦雨兩月秋
蕭瑟臥聞海棠花泥
污燕支雪闇中偷負
去夜半真有力何殊病少
年子病起頭已白

字，沒有艱澀典故，平鋪直敘，完全像白話。

蘇軾下放黃州是一〇七九年，到黃州過了三次寒食節，這首詩大概寫於一〇八二年的春天清明節前後。

「年年欲惜春，春去不容惜」，每年到了春天，到了寒食清明，就惋惜春天要結束了。但是，惋惜也沒有用，春天不容惋惜，並不停留——十個字中，重複用「年」和「春」。重複的字，就用一個點表示，閱讀者可以感覺到手寫原稿的節奏韻律，文學的內容與書法形式融合為一體，只有手稿可以傳達。

「今年又苦雨」，今年雨特別多，使人苦惱。「兩月秋蕭瑟」，兩個月來，下雨不停。季節是春天，卻像秋天一樣，蕭瑟寒涼。東坡講的是外在季節氣候，也同時是內在心情，「苦雨」、「蕭瑟」都是風景，也是心境。

「臥聞海棠花」，蘇詩注解，常說海棠是蘇軾故鄉四川原生種的花。詩裏的「海棠」，可以是面前的花，也可能在講遙遠家鄉曾經有過夢想的美麗年輕生命。而現在，海棠花凋零墜落了。

「泥污燕支雪」，紅得像胭脂，白得像雪一樣的花瓣，紛紛掉落土中，被泥濘污染弄髒了。十個字，用「花」和「泥」的意象做對比。「花」是高貴的，潔淨的，美麗的，充滿色彩；「泥」是卑微的，骯髒的，低下的，黯淡的。把這兩個字的書法放大，可以看到「花」和「泥」有纖細牽絲牽絆在一起，上面一句結尾的「花」跟下一句起頭的「泥」用牽絲牽在一起，透露「花」與「泥」間的兩難糾纏。

年輕的時候，蘇軾的生命像一朵燦爛、高傲、自負的花；現在，落難黃州，覺得「花」被「泥」土弄髒了。「撿盡寒枝不肯棲，寂寞沙洲冷」，黃州時期，東坡的詩句好像在反覆問自己：你還要不要這麼潔癖，這麼堅持？要不要像一朵花，固執自己的高貴潔淨，不肯隨污濁世俗同流合污？這是自屈原以來，遭遇誣陷時文人對自己的共同詢問質疑。

（左圖）「花泥」取自《寒食帖》第一首：「今年又苦雨，兩月秋蕭瑟。臥聞海棠**花**，**泥**污燕支雪。」

在涇

《寒食帖》裏，暗喻了自己生命的兩難，「花」，還是「泥」，潔淨？還是卑污？如何選擇？

青春的傷逝

《寒食詩稿》接下來是對時間青春流逝的感傷，用了典故，比較不容易懂——「闇中偷負去，夜半真有力。」

這一段是來自《莊子》的典故，莊子在談時間的流逝，用了一個比喻——一個人怕自己的船被偷走，把船隱藏在山谷當中，以為很安全。沒有想到，半夜時分，河水漲潮，把船飄走了。

莊子比喻時間像潮水，人在睡覺的時候，時間也在流逝，沒有人能躲過時間的偷襲侵蝕，青春藏不住，生命最終會被時間帶走。

這年蘇東坡四十七歲，人到中年，容易感觸時間快速消逝。「烏台之獄」，落難之後，蘇東坡對時間的感傷更強烈。彷彿不知不覺時間在暗中把他的青春偷走了，把生命中許多少年時的夢想偷走了。「夜半真有力」，越是在夜半睡眠中，越是不覺察的時候，時間的消逝越快。時間如此逝去，強勁有力，摧毀一切存在。

「何殊病少年（子點去），病起鬚已白」（這裏有脱漏字，「病」用小字補寫在一邊，「子」寫錯了，用四點點掉。這都是閱讀原始手稿才會有的特殊經驗，好像同時參與了作者思考、書寫、修正的過程。）——覺得自己原來還是青年，還在寫「南行詩」的年紀，還在參加科考的時候，還是充滿夢想熱情的年輕人。沒有想到，一場大病醒來，頭髮鬍鬚都白了。這裏的「病」不只是講身體的病，也是「烏台詩案」的傷害。生命徹底「大病」一次，抓到監獄裏，遭受污辱恐嚇，生命遭遇巨大挫折磨難。等「病」過去了，忽然發現，頭髮都白了。經歷巨大的驚慌，巨大的蹂躪、折磨、侮辱，懂得了滄桑，頃刻間，從青春轉為衰老。

（左圖）「殊病少」取自《寒食帖》第一首：「闇中偷負去，夜半真有力。何**殊病少**年，病起鬚已白。」

石壓蛤蟆

讀完第一首《寒食詩》，了解了意思，接下來就會把視覺停留在書法線條上。

東坡的書法初看並不美，用筆很自然，有點隨意，特別因為是草稿，也不會像謄錄的定稿那樣工整規矩。

從「自我來黃州，已過三寒食」看起，字體線條從容平凡，沒有刻意造作的姿態，和東坡的詩風一樣，平實自然，不刻意求工，閱讀者也沒有壓力，不像在看名家作品。

宋書法家中蘇書品格排第一，恰恰是因為平淡天真，沒有一點矯揉造作。

三十年前在莊嚴老師處看《寒食帖》，因為年輕，我看不出特別的好。倒是覺得後面黃山谷的跋文書法俊秀挺拔，光芒四射。心中對蘇書居四大家之首的說法，頗有疑慮。我把疑慮說出來，問了老師。莊老師淡淡一笑，說：「慢慢看，以後你就知道了。」

看了三十年，每次展出都看。手上也有一卷日本二玄社複製原寸的精印品，不時摩娑展玩，「慢慢看」變成三十年來閱讀《寒食帖》不間斷的功課。

從疑慮到感動，了解書法技巧畢竟只是皮毛，對任何創作者而言，品格其實都更勝於技巧的賣弄。

《寒食帖》看久了，逐漸了解不自誇、不賣弄、不矯情，對一個創作者的艱難。

了解東坡如何在自我調侃、自我嘲笑裏完成一種毀譽之外的豁達。

豁達指的是生命本質的了悟，了悟之後，下筆為文學，下筆為書法，都有不同境界的領悟。

「年」這個字之後，書法字體開始變化——「惜春」二字造型很美，看來平實，卻很委婉。其中「惜」字有細的牽絲，「春」字婉轉溫柔。蘇詩和蘇書都常常被解讀為「豪放」，其實他的詩詞書法，豪放的大架構裏都不失細節的溫

（左圖）「惜春」取自《寒食帖》第一首：「自我來黃州，已過三寒食。年年欲**惜春**，春去不容惜。」

惜春

柔婉約。沒有細節的婉約，「豪放」就只是粗魯了。

「苦雨」二字是耿硬的筆法，使人想起唐初的褚遂良和歐陽詢，看到東坡規矩剛直，甚至峭立銳利的一面。

「秋蕭瑟」以後字體再一變，蘇書特有的蕭散表現出來，真如瑤台散仙，看來不成規矩，卻另有一種品格。

「臥聞」兩字妙極，尤其是「聞」的最後一筆，像垂掛的死蛇，像蚯蚓死屍，東坡在線條裏注入了落魄，失意，沮喪，百無聊賴的慵懶。線條像一根鬆掉的琴弦上暗啞的聲音，失聲了，荒腔走板，沙啞中卻都是落魄的辛酸。

東坡常跟好友黃山谷彼此嘲弄嬉戲，笑自己的書法是「石壓蝦蟆體」。寫王羲之是「王體」，寫顏真卿有「顏體」，寫柳公權有「柳體」，大書家都在創造自己的「體」。東坡寫字，不求俊挺華美，他手不懸腕，側臥毛筆，字扁扁的，他就找了一個「石壓蛤蟆體」來嘲笑調侃自己。

人世間都在爭強鬥勝，努力踩壓踐踏別人，標榜自己。但是，度過生死大難，東坡對世俗毀譽可以哈哈一笑了。從牢獄出來，看過自己的狼狽邋遢，看過自己在死亡凌辱前的恐懼顫怖，原來生命如此軟弱卑微，手上的筆，也許知道剛硬只是故作姿態，何不讓自己看一看「死蛇蚓屍」，而不是書法上習慣誇耀的「鸞飛鳳舞」。

眾人都搶奪「美」，東坡或許覺得，沒有人搶奪的那個「醜」，就留給自己吧！眾人都搶奪成功、高貴、華麗，東坡領悟了在醜陋、邋遢、難堪中也要苟活的卑微。

黃州落難，他終於領悟，生命是連「美」都可以放棄的。

黃州時期，東坡寫信給朋友，講了一件事，大意是到黃州後，心情有時不好，就到街市喝酒。酒醉踉蹌，不小心，撞到一個人。這個人（大概是地方混混）很生氣，一拳把東坡打倒地上。倒在地上的東坡，剛開始有點生氣，但是，不多久，他想一想，這混混竟然不知道我是誰了。他高興起來，心想：「多好，沒有人認識我了！」從名滿天下的才子到市

懸腕　是指寫毛筆字時，手臂離開桌面，懸空運筆。如此，前臂與桌面平行，書寫時靠肘、肩關節活動。由於不受腕、肘制約，是以運筆時能夠調度全身力量，又縱橫自如，無所滯礙，力道也才能貫注筆端，點畫健勁。適於大字和草書。

（左圖）「臥聞」取自《寒食帖》第一首：「今年又苦雨，兩月秋蕭瑟。**臥聞**海棠花，泥污燕支雪。」

沙門

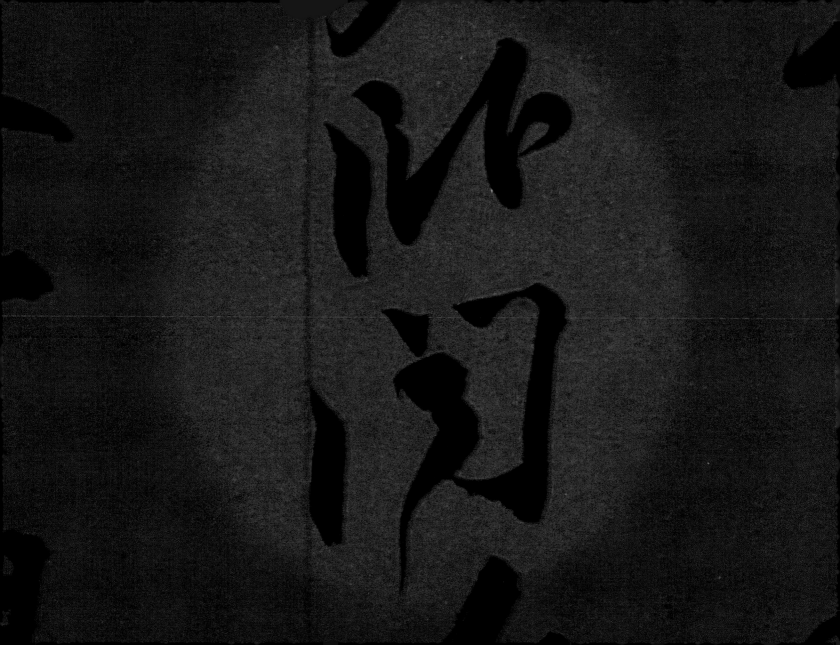

井小民認不出他來，可以回來做平凡眾生了，他給朋友的信上說：「自喜漸不為人識」。

東坡在作一個很難的功課吧，修行掉知識分子的傲氣和潔癖，修行掉別人非知道自己不可的驕慢自大。

他在做生命本質的修行，修行好了這一部分，書法與文學都有不同進境。東坡書法的「石壓蛤蟆體」要追溯到「自喜漸不為人識」的修行領悟吧。

就是一隻石頭壓死的癩皮蛤蟆，扁扁的、臭癟、難看、醜陋、骯髒，蘇東坡這樣走進了文學與書法的「阿耨多羅三藐三菩提」。

美的學習，常常開始於「美」的執著。漫長的「執著」之後，有可能剎那頓悟，把自己從「執著」解放出來。認同自己不過是「石壓蝦蟆」，領悟了美的放棄比美的執著更難，也更重要。這時，可以與一二知己會心一笑，可以與蒼涼孤獨的自己會心一笑。

寫字通常要「懸腕」，線條比較漂亮。東坡寫字，有點懶懶的，手靠在桌上，形成「左秀右枯」，右邊的線條，不容易拉開。這個「枯」反而變成他的一種風格。審美的「風格」並沒有好或不好，只是不同而已。今天年輕人牛仔褲要撕破來穿，「破」成為一種「美」。東坡的某種「敗筆」，某種「破」，某種「枯」，某種「醜」，一一成為他生命的真實風格，成就他的文學，也成就他的書法。

「美」，其實是最後回來做自己而已。

空、寒、破、濕

《寒食詩》第二首，接在平鋪直敘的第一首之後，詩思一變，情緒澎湃洶湧，書法線條也隨之跌宕起伏，變化萬端。

春江欲入戶，雨勢來不已。小屋如漁舟，濛濛水雲裏。

空庖煮寒菜，破竈燒濕葦。那知是寒食，但見烏銜帋。

北宋書法 有蘇（軾）、黃（庭堅）、米（芾）、蔡（襄）四大家。他們都是當時代重要的知識分子，成就不限於書法。也因為他們的學識、際遇和強烈的個人氣質。這段時期的書法以行草書為代表，「尚意」為特色。書家以建立自我風格為尚，也常見自書作品和往來信札，內容多抒發內心感懷。

士大夫確實是北宋文化的支柱。他們除了對於臨書作畫、賞玩收藏有相當的興趣之外，也在各自的創作和共同的聚會中，研析、發展出理論層面的看法和論說。最重要的可以說是由蘇軾確立的「文人（士人）畫」概念，強調將士人精神灌注至藝術，以書畫呈現的文人品味、雅趣。至有黃庭堅所謂「墨戲」出現，米芾父子的米點山水和文同的墨竹可為代表。

（左圖）蘇軾《新歲展慶》、《人來得書》合卷

此卷是蘇軾寫給友人陳季常的兩封書信。前書主要約陳季常於上元節時前來黃州相聚，後信則是對陳季常之兄陳伯誠逝世的弔慰。這兩封信被譽為蘇軾中年行書的精品。

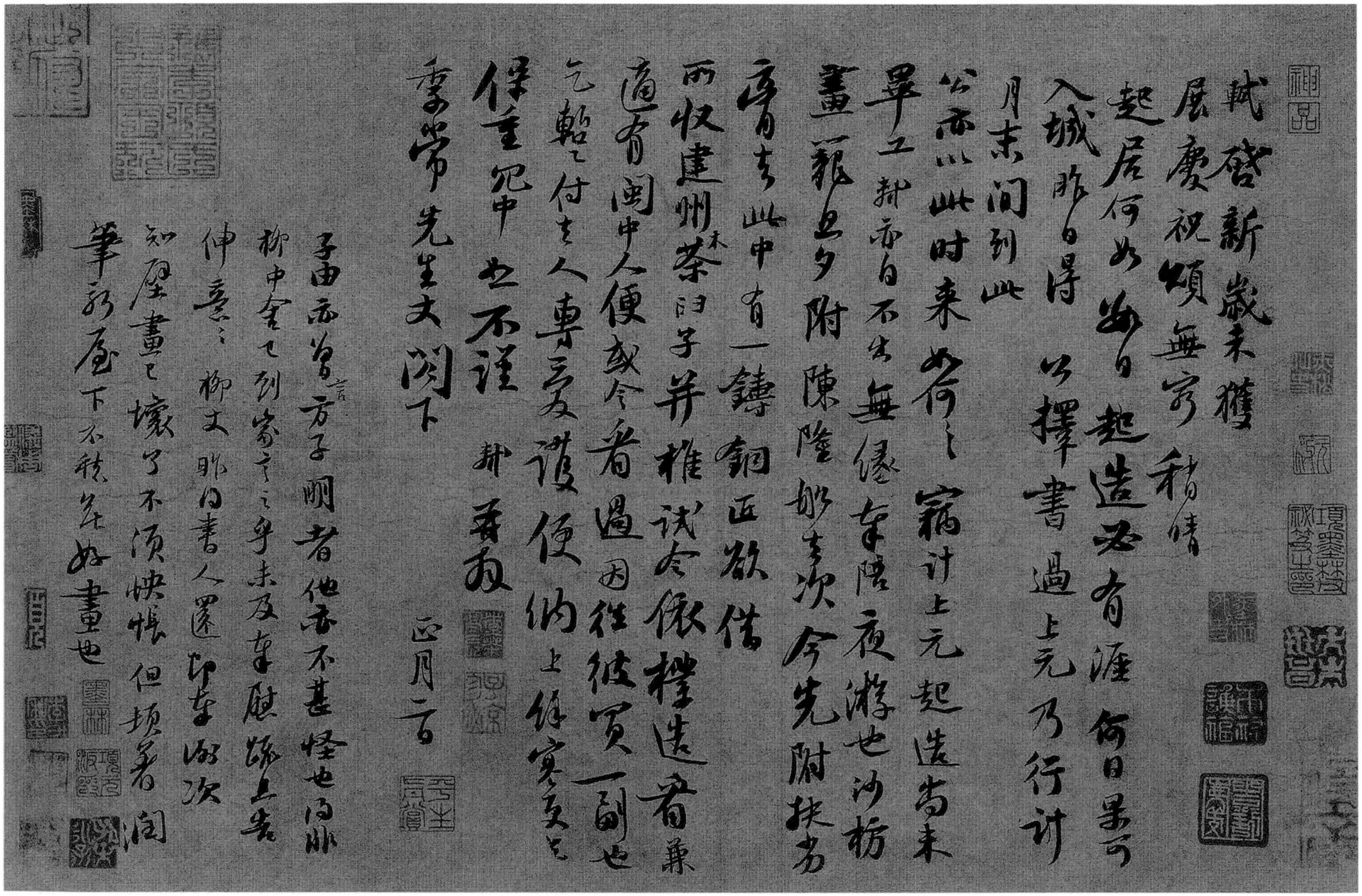

軾啓：新歲未獲展慶，祝頌無窮。稍晴，起居何如？數日起造，必有涯，何日果可入城？昨日得公擇書，過上元乃行，計月末間到此，公亦以此時來，如何，如何？竊計上元起造，尚未畢工。軾亦自不出，無緣奉陪夜遊也。沙枋畫籠，旦夕附陳隆船去次。今先附扶劣膏去。此中有一鑄銅匠，欲借所收建州木茶臼子并椎，試令依樣造看。兼適有閩中人便，或令看過，因往彼買一副也。乞暫付去人，專愛護便納上。餘寒更乞保重，冗中恕不謹。軾再拜。季常先生丈閣下。正月二日。

子由亦曾言，方子明者，他亦不甚怪也。柳中舍已到家，言未及奉慰疏，且告伸意，伸意。柳丈昨得書，人還，即奉謝次。知壁畫已壞了，不須怏悵。但頃著潤筆，新屋下不愁無好畫也。

君門深九重，墳墓在萬里。也擬哭途窮，死灰吹不起。

（注：「小屋如漁舟」之前的「雨」字，蘇東坡點去不要。）

《寒食詩》的第二首手稿書法顯然比第一首更為縱放，在閱讀詩的內容意思之前，常常會不自覺先被視覺的書法線條吸引。

一般介紹《寒食帖》，如果只取局部，也多取第二首，尤其是「破竈」到「銜帋」這三行。

「春江欲入戶，雨勢來不已」，詩一開始就有一種水波洶湧的感覺。春天上游融冰，水勢盛大。東坡住在江邊，連月雨下不停，江水上漲，像要湧進屋子裏來。「欲」、「入」二字都是典型的「石壓蛤蟆體」，扁扁的，像壓爛了的身體，結構歪扭變形。線條看似柔軟，卻有內勁，是所謂「棉中裹鐵」內剛外柔的線條。東坡外在看來隨遇而安了，內在卻都是稜稜傲骨，一點也不妥協屈服。字體跌宕搖幌，如乘舟江上，起伏盪漾，書法與文學合而為一，是品鑑經典手稿最好的範例了。

「小屋如漁舟，濛濛水雲裏」。「舟」與「水」出現像隸書的波磔。文字在書法家的記憶裏只是符號，在書寫自己的詩句時，常常不會拘泥某一種字體，篆、隸、行、草，交相錯雜，形成交響詩一般的豐富變化。

《寒食詩》是東坡的詩，《寒食帖》是東坡書法。用自己的字寫自己的詩，北宋的大書法家莫不如此。《寒食帖》如此，黃山谷的《花氣薰人帖》，米芾的《蜀素帖》也都如此。沒有人用他人書法寫自己的詩，也沒有人用自己的書法寫別人的詩。

（左圖）《寒食帖》的第二首。

不已小屋如漁舟濛濛
水雲裏空庖煮寒菜
破竈燒濕葦那
知是寒食但見烏
銜帋君門深
九重墳墓在萬里也擬
哭塗窮死灰吹不
起

詩與書，都來自個人生命風格，是同一種審美，也才能夠是經典。

很難想像用另外一種書體寫《寒食詩》，東坡此時沮喪潦倒，生命裏的「空、寒、破、濕」，是文學內在的核心感覺，必須與外在書法形式一致，才是「審美」。例如，如果用華麗燦爛到跋扈的宋徽宗瘦金體寫《寒食詩》，內容與外在形式風格不同，審美上就不倫不類了。

經典，不分文學、書法、繪畫，其實是落實在人的本質品格，有品格，也才能談美學。

「空庖煮寒菜，破竈燒濕葦」兩句詩，十個字，講的是實景。因為寒食節，廚房是「空」的，吃的菜是「寒」涼的，爐灶「破」爛頹敗，柴葦是潮「濕」的。

法國哲學家沙特（J-P.Sartre）在談「文字」（Les Mots）的書裏說：詩的文字並不等同於日常文字。

東坡此處的「空」、「寒」、「破」、「濕」，是廚房的「空」、爐台的「破」，灶口的「寒」、柴葦的「濕」，四個字，是實景，同時也指涉內在心靈的荒涼、寒冷、鬱苦、污濁之感。

「空」、「寒」、「破」、「濕」，隱喻生命心境的狀態，是全詩的文學核心，也是全篇書法的焦點，是思想心靈的意境，也是視覺感受的圖像。

只有文字意涵的內容，《寒食帖》是不完整的，必須同時訴諸視覺形式。

攤開《寒食帖》，一眼就會看到這四個字。

「空」很小，好像一個寂靜的空間。「寒」的筆鋒有一點銳利尖峭，是「揀盡寒枝」的枯冷淒寂。「破」寫得很大，不但扁癟，而且歪斜，好像要垮掉的結構，「皮」的左側斷裂了，「石」擠成一堆，閱讀者是從書法知道了詩人內在世界的「破」，是心靈如此的破敗，被撕裂、被扯碎、被壓扁，如風中枯絮，如垮掉的廢墟。

（左圖）「空」、「寒」、「破」、「濕」取自《寒食帖》第二首：「**空**庖煮**寒**菜，**破**灶燒**濕**葦。那知是寒食。」

不已小屋如漁舟濛
水雲裏空庖煮寒菜
破竈燒濕葦
知是寒食但見烏
銜紙君門深
九重墳墓在萬里也擬
哭塗窮死灰吹

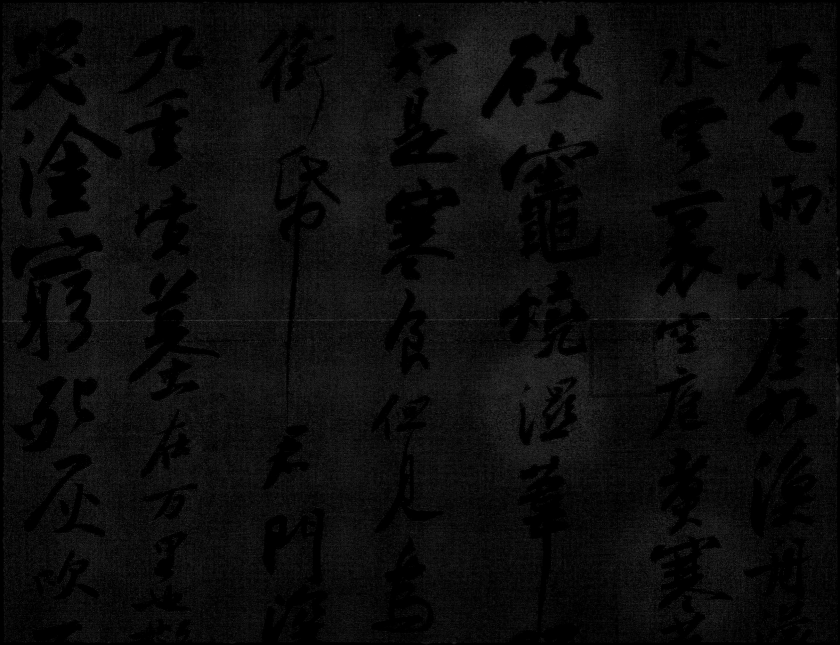

破破爛爛的爐灶，潮濕燒不起來的柴葦，寒涼的菜，空的廚房，《寒食帖》寫出鬱悶、污濁、破敗、邋遢、卑苦。無以宣洩、無以伸展的委曲、壓抑，都透露在流動毛筆線條中。

烏鴉與紙灰

「那知是寒食，但見烏銜帋。」

流放江邊，孤獨慵懶，沒有歲月，也不知是寒食節。看到烏鴉啣著墳間燒剩的紙灰飛過，才想到已是寒食清明了。

非常驚人的畫面，這個「烏」，好像「烏台」的烏，因禁在「烏台」一百多天，窗外樹林裏烏鴉群聚，烏鴉好像變成詩人生命裏忘不掉的夢魘，忽然在詩句裏出現，成為隱喻深刻意象複雜的畫面。

「烏鴉啣著墳間燒剩的紙灰飛過」，使人想起現代文學的意象。魯迅小說《藥》的結尾，就是刺穿灰色天空飛起的烏鴉。文學的經典，一千年來有歷史的呼應對話。

「帋」的用法特殊，「銜帋」二字都用尖銳筆鋒，像犀利的刀刃劃過。東坡顯然還有淒厲的憤怒。「帋」的最後一筆拖長，像一把刀，像一路追殺的怨怒，一直錐刺向下面的「君」這個字。「君」小小的，萎縮著，一點也不神氣。

創作裏有許多潛意識流動的「神來之筆」，創作者在創作中不一定意識得到。東坡說自己寫文章「行於所當行，止於不得不止」，只是任憑直覺走去，並不完全刻意控制，但直覺裏潛意識的流動反而更為飽滿。在審美意識上，文學更接近理性思維，書法的直覺性、感官性卻更高，讀《寒食帖》第二首詩的原稿，東坡美學的極致更在書法中表現了出來。

《寒食帖》從「破竈」到「銜帋」，東坡手上的毛筆，從筆尖、筆肚一直用到筆根。

「破竈」重拙，「竈」字出現許多「賊毫」。「賊毫」是毛筆用到筆根，筆毫岔開，出現逆澀挫折的線、破裂的線，如

（左圖）「銜帋」取自《寒食帖》第二首：「那知是寒食，但見烏**銜帋**。君門深九重，墳墓在萬里。」

破竈燒溼
知是寒食但
銜紙
九重墳墓在

生命的困頓。

書家有自己用筆的習慣，王羲之留下的雖不是真跡，從臨摹諸帖來看，他的用筆，多在筆尖和筆肚間，較少「賊毫」，他的美學裏迴避了撕裂的痛。宋徽宗的「瘦金」多用筆鋒，鋒芒畢露，沒有困頓挫傷。筆鋒常常是飄逸，是銳利，是燦爛。

東坡從「破竈」到「銜帋」，出現了書法筆鋒到筆根最大的變化。像一齣交響曲，在樂章裏呈現豐富結構變化。

《寒食帖》用筆跟著情緒在走，時輕、時重，時快、時慢，時重拙，時困頓，時銳利，時高亢激昂，變化萬千。

《寒食帖》不能單一看某一個字，整個篇章，一起看布局，才感受得到交響曲樂章龐大壯闊的配置，感受到創作者行走於文學與書法之間驚人豐富的魅力。講布局結構，容易被誤會是刻意，創作者卻是在有意與無意間完成了一件自己也無法再複製的書法。

「帋」這個字，可以寫成「紙」，寫成「帋」，下的「巾」拉長，就像刀子一樣，直刺下去。尖銳筆鋒，像馬勒音樂最高音的嘶叫，馬勒音樂，經常在最高音時不停，繼續拔尖而起，像寒食帖裏「帋」的書法線條。

「但見烏銜帋。君門深九重」，「銜帋」的淒厲高音過後，回來安撫自己，讓自己平靜，平靜裏也充滿無助無奈。

哭聲與死灰

「君門深九重，墳墓在萬里。」

儒家的信仰者，相信生命的極致意義是「忠」與「孝」。

「忠」是盡忠於君王，但是，此時東坡流放荒野，必須「思過自新」，見不到君王，君王的門重重深鎖，盡「忠」無門。

退一步回來盡「孝」，父母墳墓都在故鄉，遠在萬里之外，盡孝也是惘然。清明節到了，無法在墳前祭拜，無法燒

（左圖）「哭」、「途」、「窮」，取自《寒食帖》第二首：「君門深九重，墳墓在萬里。也擬**哭途窮**，死灰吹不起。」這是蘇軾根據阮籍「途窮而哭」的典故而作的比喻。

復[illegible]作

九重墳莫

哭塗窮

起

一燒紙錢，無法掃一掃墓地。

盡忠不成，盡孝不成，詩人在儒家的生命價值裏找不到自己的出路。

想到古代的阮籍，找一條路走，走到絕路，前面無路可走，坐下來失聲痛哭。

詩人用阮籍「窮途而哭」的故事比擬自己，也想在生命絕望的窮途末路放聲一哭。卻發現自己心如死灰，沒有了愛恨，沒有一點情緒餘溫，連哭聲也沒有，一片死寂，一片飛不起的死灰。

《寒食帖》結尾在「哭」，在「途窮」，結尾在「死」與「灰」。

這幾個字可以分開單獨看，它們是詩句的組成部分，單獨分開，卻像詩人的表情，愁鬱、荒涼、困頓，像最頑強的生命，像冬寒禿枝，看似頹敗，卻在內裏蘊含隱匿發枝發葉的生命力。《寒食詩》寫完了，東坡注記「右黃州寒食二首」，沒有落款簽名。宋的書法大家，尤其是東坡、山谷，多不簽名，一方面是詩稿，沒有完成，另一方面也似乎不需要簽名，風格成為品牌時，其實是不需要特別標籤的。風格，他人不能取代，是審美的自信。俗語説的好——「只此一家，別無分號」。

《寒食帖》寫於一〇八二年，之後，東坡幾起幾落，有時出仕作官，有時流放。他的修行還沒有結束，他的功課也沒有做完。

他貶到惠州，瘴癘蠻荒之處，卻發現五嶺以南的荔枝好吃極了，寫詩説「日啖荔枝三百顆，不辭長做嶺南人」。大家都説東坡豁達，處逆境困境而能樂觀，或許他只是無奈，苦中作樂而已。

東坡並沒有得罪他人。他在「烏台詩獄」之後，常常説「多難畏事」、「多難畏人」，怕事、怕人，不敢惹禍。但是他太會苦中作樂了，別人懲罰他，流放荒野，他也還覺得荒

（左圖）「死灰」二字取自《寒食帖》第二首最後一句「**死灰**吹不起」。與前面所寫的「但見烏銜帋」形成了強烈的荒涼與困頓之感。

野很好，罰到嶺南，大口大口吃荔枝，那些有權有勢可以懲罰東坡的權貴，生活得卻不快樂。這些人心裏因此不爽，就要再罰一罰他，最後就貶官流放到海南島（瓊州）去了。

一一〇一年前後，北宋張浩收到《寒食詩稿》，找到黃山谷，山谷在後面留下了精彩跋尾。

黃山谷比東坡小九歲，一直以學生自居，景仰東坡詩文人品，他們亦師亦友，也常彼此調侃，戲弄對方。黃山谷一生被東坡牽連，也一直被流放，一一〇五年死在廣西。他晚年看到《寒食詩稿》，自然感慨萬千，提起筆來在卷尾寫出他一生最動人的書法。

乾隆的插曲

夾在宋兩大書家之間，是乾隆寫的字，好像寫過，不滿意，塗過，再寫一次：

> 東坡書，豪宕秀逸，為顏楊以後一人。此卷乃謫黃州日所書，後有山谷跋，傾倒已極。所謂無意於佳乃佳者。坡論書，詩云：苟能通其意，常謂不學可。又云：讀書萬卷始通神。若區區於點畫波磔間求之，則失之遠矣。乾隆戊辰清和月上澣八日御識。

這是乾隆在一七四八年留下的評語，好像害怕不被看見，一定要擠在兩大書法家之間，乾隆的個性有趣。

這裏說蘇軾「豪宕秀逸」，是可以兼具豪邁和秀氣。顏（真卿）楊（凝式）以後第一人。「無意於佳乃佳」，是不刻意造作。「讀書萬卷始通神」，說明書讀好了，書法下筆就好。「經典」或許不是「引經據典」，而是讓「經典」活在生活中，成為自己生命的一部分。「若區區於點畫波磔間求之，則失之遠矣。」蘇軾的字，一個點一筆橫，可能不好，但加在一起是好的，風格不會計較細節。

楊少師　指楊凝式（八七三—九五四），生活的時期從晚唐跨至五代後周。他在唐哀帝時中進士第，五代時幾次為官，也幾次辭官而去。據說為人恣性狂放，有「風子」的稱號。當史書上說他「善於筆札」，當時洛陽一帶的宮觀佛寺有許多他的題筆。他的書法兼習歐陽詢、顏真卿、王羲之、王獻之，受到蘇軾、黃庭堅、米芾等北宋書法大家的讚譽，以行草書為代表。晚年作品如《神仙起居法》，乍見點畫恣意、狼籍，細賞卻帶有蕭散疏狂、天真爛漫的氣息。

一七四八年，乾隆於蘇軾與黃山谷的字跡間，留下對《寒食帖》的評語。

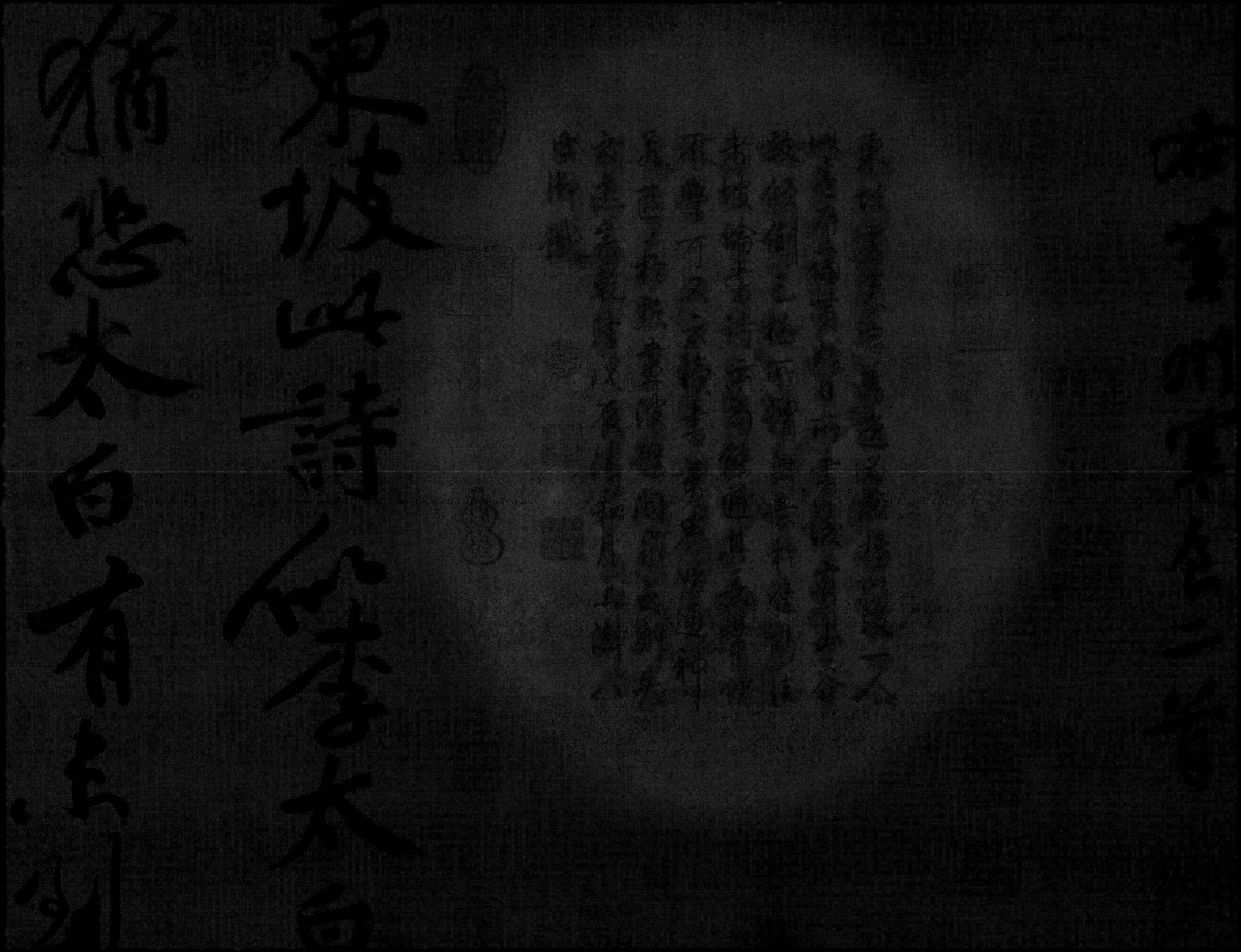
東坡此詩似李太白
猶恐太白有未到

黃山谷的跋尾

一一〇一年，黃山谷看到《寒食帖》，當時東坡應該在海南島，或赦還的路上。黃山谷一定感慨萬千，讀著詩句，看著書法，感覺著東坡的心境，寫下了動人的跋尾。

黃山谷在《寒食帖》後的跋尾是他一生最漂亮的書法之一。

與東坡的字風格截然不同，卻相互輝映，兩大書家，並列在一起，稱為「雙璧」，這也是只有閱讀原稿才會有的快樂。

東坡此詩似李太白，猶恐太白有未到處。此書兼顏魯公、楊少師、李西臺筆意。試使東坡復為之，未必及此。它日東坡或見此書，應笑我於無佛處稱尊也。

黃山谷先讚美東坡的詩，「東坡此詩似李太白，猶恐太白有未到處。」東坡的詩，像唐朝李白，甚至比李白還好。宋詩崇尚自然，崇尚平淡天真，山谷是以宋人詩學來評比，東坡比李白更有一種自在平淡。

此書兼顏魯公、楊少師、李西臺筆意。

山谷認為東坡的《寒食帖》書法兼具唐顏真卿，五代楊凝式，北宋初李建中的筆法，貫穿了唐宋的書法美學，根柢深

李西臺 有人認為是宋初李建中（九四五—一〇一三），也有人認為是盛唐李邕（六七八—七四七），但以認為是李建中的意見為大多數。因李建中曾任職西京留司御史台，而有李西臺之稱。李建中書學歐陽詢，結字穩重嚴謹，字體修長，章法疏朗有致。草、隸、篆、籀、八分這些書體皆擅長，他的筆法在當時也成為眾人摹習的對象。他的傳世墨跡較少，以端莊清麗的《土母帖》最為經典。

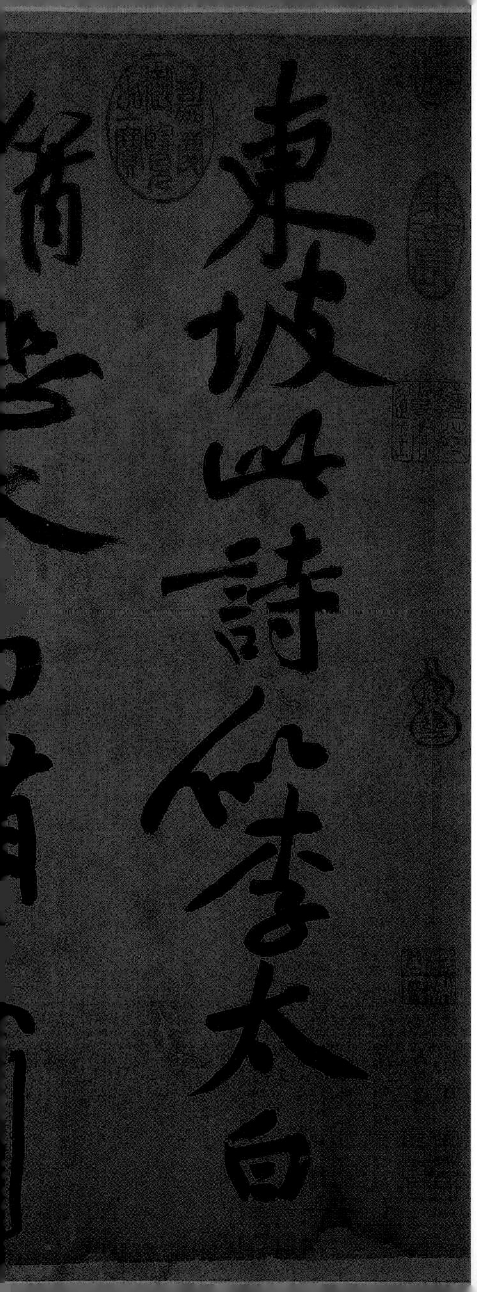

（左圖）黃山谷所題的跋尾。

處此書兼顏魯
公楊少師李西臺
筆意試使東坡
復為之未必及此它日
東坡或見此書應
笑我於無佛處
稱尊也

厚，卓然成一大家。東坡書法，看來像無所本，但是，第二名看出來了，指出招招都有來源。

許多初學者剛開始看不出蘇書的好處，讀這一段跋文，字如此漂亮的山谷卻推崇前面的東坡，第二名推崇第一名，初學者也藉此知道更有高手。

「試使東坡復為之，未必及此。它日東坡或見此書，應笑我於無佛處稱尊也。」東坡再寫一次，未必能寫這麼好，這是在說「手稿」的意義，沒有修飾，沒有刻意，所以好，原作者再寫一次，也不一定好。

美學上的「好」，不是技巧，而是心境，「技巧」重複是「匠」，心境卻不能重複。

很多人形容黃山谷的字，好像打開將軍的寶庫，長槍大戟，劍拔弩張。

山谷寫字，懸腕中鋒，用肩胛臂膀帶力，轉肘使腕，寫完字，他自己說「臂指皆乏」，累得要死。

山谷一生羨慕東坡，似乎在詩文書法上，東坡都不用力。東坡可以肘靠在桌上寫字，不懸腕，不費力，自自然然。

顯然，第二名是比較累的，看第一名在前面，因此追得辛苦。

東坡像是四兩撥千斤，有一種從容，有一種自在。

黃山谷的字其實漂亮，我年輕的時候，還不懂東坡，喜歡的是黃山谷。

它日東坡或見此書，應笑我於無佛處稱尊也。

這兩個人亦師亦友，是一生的知己，詩文書法上是知己，生命的修行領悟上也是知己。

寫完跋語，山谷幽默，猜想他日東坡看到他的字，一定嘲笑揶揄山谷：佛主不在，你就稱起「老大」了。

蘇黃二人，一生情誼都在這句話中，有敬有愛，卻時時彼

（左圖）「東坡」、「笑我」取自《寒食帖》黃山谷的跋尾。這句話足反映了兩人亦師亦友的關係。

東坡
笑我
年

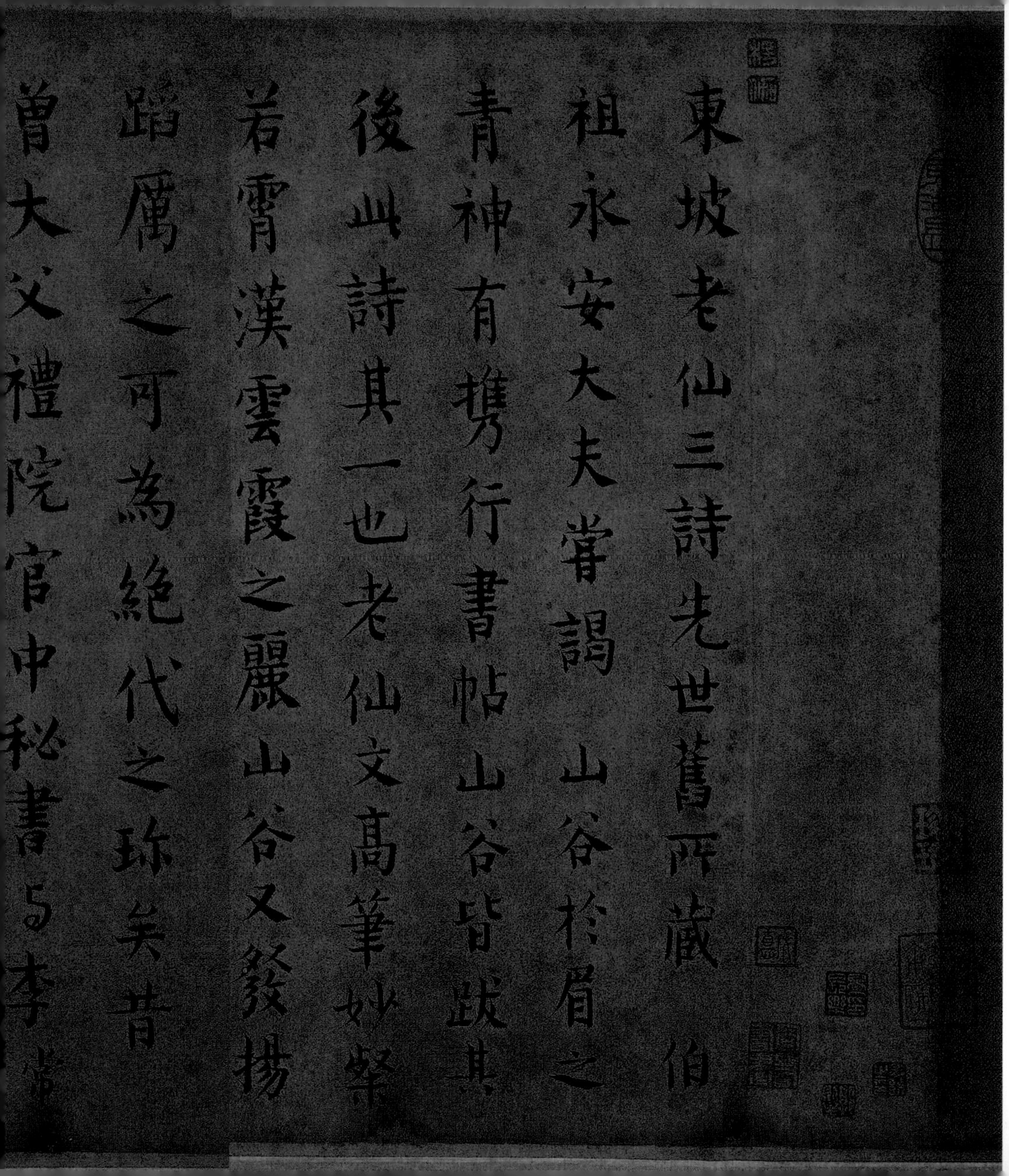
東坡老仙三詩先世舊所藏伯
祖永安大夫嘗謁山谷於眉之
青神有携行書帖山谷皆跋其
後此詩其一也老仙文高筆妙
若霄漢雲霞之麗山谷又發揚
蹈厲之可為絕代之珎矣昔
曾大父禮院官中秘書與李常

此捉弄調侃，直見性情。

黃山谷的筆法線條漂亮，書史上說他「盪槳中悟筆法」。書法美學都從生活中領悟，划船盪槳，水波阻力，線條力道，「一波三折」，形成一種跌宕。跋文裏的「猶」、「到」、「處」、「意」、「使」、「無」都有「盪槳」筆法，長線條，一波三折，氣息連貫，尤其是「到」的一筆到底，俊秀非凡。

山谷書法挺拔俊秀，風格卻一致。和《寒食帖》比較，東坡的筆法變化非常大。山谷雖掌握了美好音樂旋律，但是他

（左圖）《寒食帖》張縯跋。

弟也山谷与永安帖自言識
先禮院於公擇舅坐上由是与
永安游好有 先禮院所蔵
昭陵御飛白記及曾叔祖盧
山府君志名皆列山谷集惟諸
跋世不盡見此跋尤恢奇因詳
著卷後永安為河南屬邑
伯祖嘗為之宰云

三晉張 績季長甫

髹文堂書

較單一，沒辦法豐富起來。人生的各個階段，從青春華美，到衰老蒼涼，東坡都轉換成書法，都轉換成審美，可以組織大交響曲，這是山谷欽佩羡慕的地方。

黃山谷影響後世很大，明朝的沈周、文徵明都學他的字。山谷字有時拘謹，這篇跋文卻放鬆很多。尤其到結尾，「應笑我」這三個字好極了，用了東坡的句子，有一種飛揚的喜悅，完全放鬆，飛白墨色散漫，好像裏邊可以聽到笑聲。

黃山谷跋文寫完，像接力賽跑的第二棒。他也沒有簽名落款，仍然是大家風格，不怕後世認不出他的字，沒有傳不傳世的計較。

張縯「埋輪之後」

黃山谷題跋在一一〇一年，恰恰是東坡逝世那一年。四年後，一一〇五年山谷也去世。

南宋時，《寒食帖》傳到張浩侄孫張縯手中。張縯寫了長跋，詳述伯祖收藏以及山谷題跋的故事，《寒食帖》有了自己流傳的歷史。

東坡老仙三詩，先世舊所藏。伯祖永安大夫，嘗謁山谷於眉之青神。有攜行書帖。山谷皆跋其後。此詩其一也。老仙文高筆妙，粲若霄漢雲霞之麗。山谷又發揚蹈厲之，可為絕代之珍矣。昔曾大父禮院官中秘書，与李常公擇為僚。山谷母夫人，公擇女弟也。山谷与永安帖自言，識先禮院於公擇舅坐上。由是与永安游好。有先禮院所藏昭陵御飛白記及曾叔祖盧山府君志，名皆列山谷集。惟諸跋世不盡見。此跋尤恢奇，因詳著卷後。永安為河南屬邑。伯祖嘗為之宰云。三晉張縯季長甫。懿文堂。

張縯蓋有「懿文堂圖書」的印，也在許多「騎縫」處蓋有「埋輪之後」的印。張家祖先是漢朝張綱，張綱當時是御史

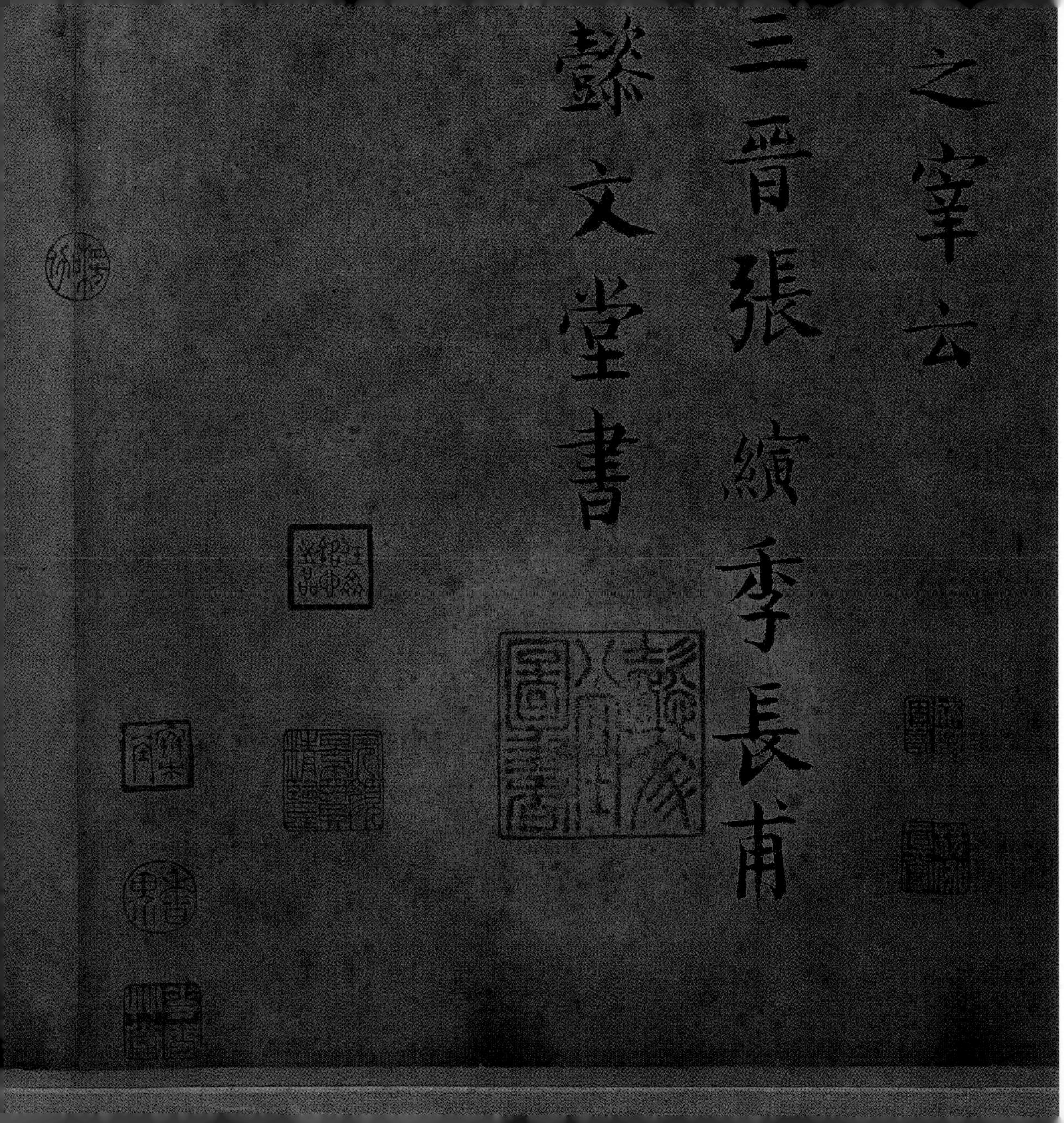

大夫，梁冀在朝中擅權，權勢太大，御史大夫都不敢講話，七個御史大夫都跟他合作，坐著馬車去找他。張綱最後把馬車的車輪埋在地下，表示破釜沉舟，不去跟梁冀合作。這是「埋輪」的典故，張縝以祖先張綱的事蹟為榮，引為典範，因此刻了這方印。書法文物經典，有時是一方印，看流傳經過，也理解一段歷史故事。

以前莊嚴老師上課，一個一個講印鉨，講跋文，知道經典

（左圖）張縝蓋於《寒食帖》上的「懿文堂圖書」印。

在時間裏的傳承。

元明清初

元朝《寒食帖》曾經張金界奴收藏，留有「張氏珍玩」、「北燕張氏珍藏」兩方印。

《寒食帖》後收入皇室內府，上面有元文宗（圖帖睦爾一三〇四—一三三二）「天曆之寶」的玉璽。元朝是蒙古族執政，東坡的書法文物一樣被珍貴地收藏。「經典」不只能通過朝代興亡，「經典」也可以使戰勝的執政者謙卑學習。

明朝時有韓世能、韓逢禧父子收藏《寒食帖》，董其昌在上面也留下題跋：「余生平見東坡先生真跡，不下三十餘卷，必以此為甲觀。」

明代《寒食帖》也入內府，留有「典禮紀察司印」的半印「司印」二字。

清初《寒食帖》有納蘭容若「成德容若」、「楞伽真賞」、「楞伽」許多印。納蘭容若是清朝康熙年間進士，被王國維稱讚的清初詞家，文物經典的閱讀，有時會讓人在一個印前停很久，因為一方印，忽然想起讀過的一闕納蘭詞。

乾隆時《寒食帖》入清內府，上面留著乾隆各年齡階段大大小小的印，留著他的跋文，也留著他的繼位者嘉慶的印。

十八世紀到十九世紀，在清宮裏安靜了一百多年的《寒食帖》在歷史的騷動裏又要經歷新的劫難了。

清末的劫難

清代咸豐年間，圓明園遭焚毀，《寒食帖》流入民間，為廣東人馮展雲所得。

東坡寒食帖山谷跋尾。歷元明清。疊經著錄。咸推為蘇書第一。乾隆間歸內府。曾刻入三希堂帖。咸豐庚申之變。圓明園焚。此卷劫餘。流落人間。有燒痕印。其時也。嗣為吾

「容若」是納蘭性德（一六五五—一六八五）的字。他是康熙名臣納蘭明珠的兒子，出身於滿洲正黃旗葉赫那拉氏。為皇帝貼身的御前侍衛，康熙十五年進士。屢次隨康熙出巡，官至內閣中書。三十一歲時生病，康熙為他延醫，但仍然不起。

納蘭容若雖然出身滿州（其實先祖來自蒙古），善騎射，由武職侍衛出身，卻同時是清代著名的詞人，且長於書畫。他的老師徐乾學說他是：「雕弓書卷，錯雜左右。」他多與當時的漢人名士交遊。與元配盧氏感情深篤，盧氏難產而逝，容若為她寫下許多悼亡詞。他的作品曾集為《側帽》、《飲水》兩部詞集，被稱為「納蘭詞」。王國維便曾贊道：「以自然之眼觀物，以自然之舌言情。此由初入中原未染漢人風，故能真切如此。北宋以來，一人而已。」

（左圖）顏世清書《寒食帖》被馮展雲收藏的經過。

東坡寒食帖山谷跋尾應元明
清貴經著録咸推為蘇書第一
乾隆間歸內府嘗刻入三希堂帖
咸豐庚申之變圓明園㷊此卷劫
餘流落人間帖有燒痕即其時也
嗣為吾鄉馮展雲所得馮沒復還
粵華閣展雲伯羲盛藏不以眎人
亦無鈐印跋尾意園云逝十年始由
樸孫完顏部護歸得越六年是
為戊午乃由樸孫轉入寒木堂此數
十年未經著録展轉遞藏之大概
也余恐後來無由知其源委用特
識於卷尾若夫書之精妙前人評
定第一斷推古今以論余復何言
戊午東坡生日
歗實顏之記

先師張文襄公嗜東坡書光緒壬寅公遣節武昌客有持此卷請謁公賞玩不
置謂平生所見蘇書墨迹以此為最及 內府藏槎木詩乃第一客要甚言將奉獻
直徵請求意公曰時已仲春留袁適可待是庫矣以後相議當面之否則不敢
題識時方向夕公乃張宴邀端忠敏梁文忠馬季立孝廉与

鄉馮展雲所得。

顏世清在民國戊午年（一九一九年）記錄《寒食帖》被廣東馮展雲收藏經過。並且說馮展雲「密不示人」，所以沒有留下印記題跋。

一九二四年羅振玉在跋文中提到《寒食帖》與張之洞的一件故事：

先師張文襄公嗜東坡書。光緒壬寅（一九〇二年）公建節武昌，客有持此卷請謁。公賞玩不置，謂平生所（見）蘇書墨跡，以此卷及內府藏榿木詩為第一。客喜甚，言將奉獻真。微露請求意。公曰。時已仲春。貂裘適可付質庫。若以價相讓。當留之，否則不敢受也。客大失望，因求公題識。時方向夕，公乃張宴。邀端忠敏，梁文忠，馬季立孝廉与予同賞之。且語眾曰：如此劇跡，不可不一見。明日，物主人將此北歸矣。時物主方在坐，喻公意乃然。請曰：若許加題，當遲行程一二日。公曰：山谷老人謂此書兼魯公、少師、李西臺之長。某意則得法于北海与魯公。然前人所言，烏可立異。

羅振玉一九〇二年與老師張之洞一起觀看《寒食帖》，二十年後，與張之洞同時觀看的端忠敏、梁文忠都已過世，羅振玉感慨萬千，稱自己為「頭白門生，尚在人世」，特別記下當年張之洞的「清風亮節」，雖然極愛《寒食帖》卻沒有貪婪接受物主請求。題跋中說的「客」不知是否即是馮展雲。

《寒食帖》後來轉入顏世清手中，據跋尾郭枏（彝民）的紀錄，《寒食帖》由顏世清（韻伯）以「金六萬元」賣給日本收藏家菊池晉二（惺堂）：

菊池晉二（一八六七—？），號惺堂，是日本銀行家。雖然從商，卻也愛好儒學，善於作詩、篆刻，而且個人有豐富的古文物收藏。原本收藏在宮中的《寒食帖》，在清末八國聯軍之時，遭到掠劫，流落民間。之後歷經多人之手，民國十一（一九二二）年由廣東出身的收藏家顏世清攜帶赴日本東京。不久，即由菊池晉二以高價購下這卷《寒食帖》。沒想到翌年（大正十二年，一九二三）遭逢關東大地震，在地震引起的大火之中，菊池家的收藏付之一炬。菊池晉二冒死搶救出來的，就只有這卷《寒食帖》和李公麟的《瀟湘圖卷》。這件事，一時傳為佳話。《寒食帖》再度逃過劫難之後，寄存於內藤湖南之處，內藤還題寫了一段跋語於後，記下了這段《寒食帖》在日本的故事。

（左圖）羅振玉書與張之洞一起觀看《寒食帖》的經歷。跋尾處郭枏記錄菊池晉二從顏世清買得《寒食帖》的經過。

先師張文襄公著東坡書光緒壬寅公述節武昌客有持此卷請謁公賞玩不
置謂平生所見蘇書墨迹此卷及內府藏檀木詩乃第一卷甚喜言特奉獻
至徽宗請求意公曰時之仲春籤簽適可付裝庫若以復相議當留之矣則未敢
受也家大夫望因求公題識時方向少以為樸要避端忠敏梁文忠馬季立孝廉與
予同賞之且語客曰如此劇迹不可不一見明日物主人携此北歸未時物主
方在世術之意乃無請公著辭加題當遂行辭一二日公曰此卷老人謂此書乃
魯公少師李西臺之長者對得法于此海公魯公無前人所言焉可互異
別文節為東坡書後安敬寧議其後事不免主人固請望中諸人亦無敢
下筆者客乃惆悵挾此卷北歸於今卷中無公一字文襄事功昭昭在人耳目
而精能嚴正不可平江翁御此一事已見一斑此事予在武昌實等所親見今重觀
此卷追懷往事爰書卷後記之以清風亮節正當日與諸公互見展觀舊記
宛在目前而與忠題文忠跋先後騎箕天上季立亦褒化作頭白門生尚在人世耳壞
寶重遺墨當勝所識甲子仲夏上虞羅振玉書于津沽寓居嘉樂觀齋 見

蘇文忠寒食帖由顏韻伯以金六萬元售於菊池惺堂已見內藤跋尤甚
賊滿洲國孫國匪亂流入日本友估菊池視為其以六千元收得以六萬元號
售於菊池價以萬元鉅友估菊池得大利之謎至與訟事出菊池時蘇帖之前
有跋誤截此處今再志以存之其真

郭葆昌又記

蘇文忠寒食帖，由顏世清以金六萬元售於菊池惺堂。已見內藤跋於龍眠瀟湘圖。係團匪亂流入日本。書估菊池。親屬某以六千元收得。以六萬元轉售於菊池。價差甚鉅。書估、菊池俱大非之。幾至興訟。事在菊池購蘇帖之前。前跋誤載此段。今再志。以之存其真。

《寒食帖》流入日本，似乎當年還因為價格引起訴訟。

一九二四年，日本漢學家內藤虎應菊池晉二之請，兩次寫下很長的跋文。

內藤虎跋文歷數《寒食帖》流傳經過，敘述自己在一九一七年的「燕京書畫展覽會」上就看過《寒食帖》，當時收藏的人是完顏樸孫——他是清末民初大收藏家，《寒食帖》上有許多方收藏印都是他的，如「金章世系景行維賢」、「景行維賢」、「景賢鑒藏」等。

顏世清大正壬戌年攜帶《寒食帖》到日本，「此卷遂以重價歸菊池君惺堂」。

內藤虎的跋中特別提到菊池得到《寒食帖》第二年（一九二三年），日本關東就發生大地震。東京一帶房屋毀了「十之六、七」，下面一段是動人的描述：

菊池氏亦罹災，先世以來收儲，蕩然一空。惺堂躬犯萬死，取此卷，及李龍眠瀟湘卷，而免於災。一時傳為佳話。此卷昔脫圓明園之災，今復免曠古未有之震火，雖云有神物呵護，亦惺堂寶愛之力矣。

內藤虎、菊池惺堂，兩個日本人，在漢字書法的經典傳承歷史上，也成為了參予者與呵護者。

到一九四五年，中日戰爭結束，王世杰先生到日本，到處尋找《寒食帖》，總算找到，《寒食帖》回到中國，一九四九年，這件經歷一千年的經典也隨王世杰到了台灣。

內藤湖南（一八六六—一九三四）不只是另一位與《寒食帖》有緣的日本人，也是重要的歷史學者。他本名虎次郎，號湖南。一八八七—一九〇七年之間，從事記者的工作；一九〇七年（明治四十年）開始受聘至當時的京都帝國大學（現在的京都大學）教授東洋史；一九一〇年獲頒文學博士學位。他所提出最重要的論點是所謂的「唐宋變革論」。認為安史之亂以後的唐至宋初發生了結構性的歷史變化，這些變化，在政治、社會、經濟等方面皆可以觀察得到。基於這樣的變化，宋以後的中國進入「近世」。這個論點無論對於日本的東洋史研究，或是其他地區的中國史研究都產生重要影響。內藤也奠定日本東洋史學界「京都學派」的基礎。日後「京都學派」與較親近唯物史觀的「東京學派」對於歷史分期有激烈論爭。

（左圖）內藤虎描述菊池晉二冒死護《寒食帖》的經過。

蘇東坡黄州寒食詩卷引首乾隆帝行書雪堂餘韻四字用仿澄心堂紙致佳者東坡詩黄山谷跋並無名款山谷跋後又有董玄宰跋語張青父清河書畫舫云東坡草書寒食詩當屬最勝于今之書畫彙攷亦已著錄阮芸臺石渠隨筆云蘇軾黄州寒食詩墨蹟卷後有黄魯直跋爲世鴻寶戲鴻堂所刻止蘇詩黄跋其後張縯一跋人未之見其跋云云數大司空云縯跋所謂永安庭堅爲作仁宗皇帝御書記者也廬山府君乃公裕第公卿官通直郎知廬山縣張氏世爲蜀州江原人云出留侯之裔故以三晉署望也虎按卷中埋輪之後印實係張氏所鈐又有天曆之寶及孫退谷納蘭容若諸人印記可以見乾隆以前歷世迭更珍襲之概乾隆以後授受則詳于顔韻伯跋中矣韻伯爲顔筱夏方伯子家世貴盛大正壬戌來游江戸時携此卷遂以重價歸菊池君惺堂癸亥九月關東地震都下燬於火者十六七菊池氏亦罹災先世以來收儲蕩然一空惺堂躬犯萬死取此卷及李龍眠瀟湘卷而免於災一時傳爲佳話此卷昔脱圓明之災今復免曠古未有之震火雖云有神物呵護抑亦惺堂寶愛之力矣及惺堂命以跋語爲書其事於紙尾此卷爲見存東坡名蹟第一則張董諸人已道之張文襄亦稱爲海内第一（見梁節菴題識節菴者文襄門下士也）微特若臺謂爲無上妙品（石渠隨筆評東坡武昌西山詩帖卷云蘇蹟極多當以此與黄州寒食詩爲無上妙品）可知精金美玉市有定價云爾甲子四月内藤虎書

予於丁巳冬嘗觀此卷於燕京書畫展覽會時爲完顔樸孫所藏後以價高收予齋中半歲餘昕夕把玩益歎觀止乃磨乾隆御墨用心太平室紙作此跋不能若東坡此卷用雞毫弱翰而揮灑自在耳虎又書

民國四十八年（一九五九年）王世杰寫下了目前最後的一個題記：

東坡先生此帖，曾罹咸豐八（點去）年，英法聯軍焚燬圓明園之厄。尔後，流入日本，復遇東京空前震火之劫。詳見卷後顏世清、內藤虎兩跋。二次世界戰爭期間，東京都區，大半為我盟邦空軍所毀，此帖依然無恙。戰事甫結，予囑友人蹤跡得之，乃購回中土，并記于此。後之人，當必益加珍護也。

王世杰諄諄叮嚀——以後的人，一定要好好更加珍惜保護這個《寒食帖》。

結語——臨江仙

跟隨莊嚴老師在故宮上兩年的「書畫品鑑」，只是開始接觸《寒食帖》，書畫經典浩瀚，是一輩子做不完的功課。

我畢業那年，莊嚴老師是論文的口試委員，口試完，老師從口袋摸出一個信封說：「畢業禮物。」我打開看是一幅莊老師寫的東坡《臨江仙》，我們是《寒食帖》的課，老師把東坡在黃州時期的作品一起要我們讀，其中就有這闕《臨江仙》：

夜飲東坡醒復醉，歸來彷彿三更。
家僮鼻息已雷鳴，敲門都不應，依杖聽江聲。
長恨此身非我有，何時忘卻營營。
夜闌風靜縠紋平，小舟從此逝，江海寄餘生。

這也是黃州時期東坡詞中我很喜歡的一闕，平淡自在。東坡喝酒，喝了又醉，醉了又醒，醒了又喝，喝到半夜三更，

（左圖）一九五九年，王世杰在《寒食帖》上留下了最後的題記。《寒食帖》落腳台灣，結束了其顛沛流離的經歷。

東坡先生此帖曾罹咸豐八年英法聯軍焚燬
圓明園之厄然後流入日本復遇東京空前震
火之劫詳見卷後顏世清內藤虎兩跋二次世界
戰爭期間東京都區大半為我盟邦空軍所毀此
帖依然無恙戰事甫結余屬友人踪跡之乃攜
回中土爰記于此後之人當必益加珍護也
民國紀元四十八年元旦　王世杰識于臺北

當然心裏有鬱苦煩悶，但是回到家，家僮沉睡，打鼾聲如雷鳴，敲門不應，也就隨緣，依靠著手杖聽大江水聲。

莊嚴老師有名的是「瘦金書」，但是用來寫《臨江仙》少了富貴華麗，多了文人的飄逸瀟灑。老師還特別指著上面一方「偶然於書」的印，解釋說：「偶然寫了好字，才用這方印。」

上「書畫品鑑」的課，這些故事，常在記憶中，覺得自己有福氣，不只是學習知識，也知道什麼是性情中人，什麼是人品典範，一晃三十餘年，連老師家的茶與酒都在想念中。

今日整理《寒食帖》筆記，也當作是供在老師靈前的一分遲來的作業。

以此文獻給莊嚴老師

（二〇〇九年十二月三十日歲末天寒　八里蔣勳修正北大演講稿）

（左圖）莊嚴老師寫蘇軾《臨江仙》。

2.0

雪堂
餘韻

復為之未必及此它日
東坡或見此書應
笑我於無佛處
稱尊也

蕭瑟臥聞海棠花泥
污燕支雪闇中偷負
去夜半真有力何殊病少
年子病起頭已白
春江欲入戶雨勢來
不已雨小屋如漁舟濛
水雲裏空庖煮寒菜
破竈燒濕葦那

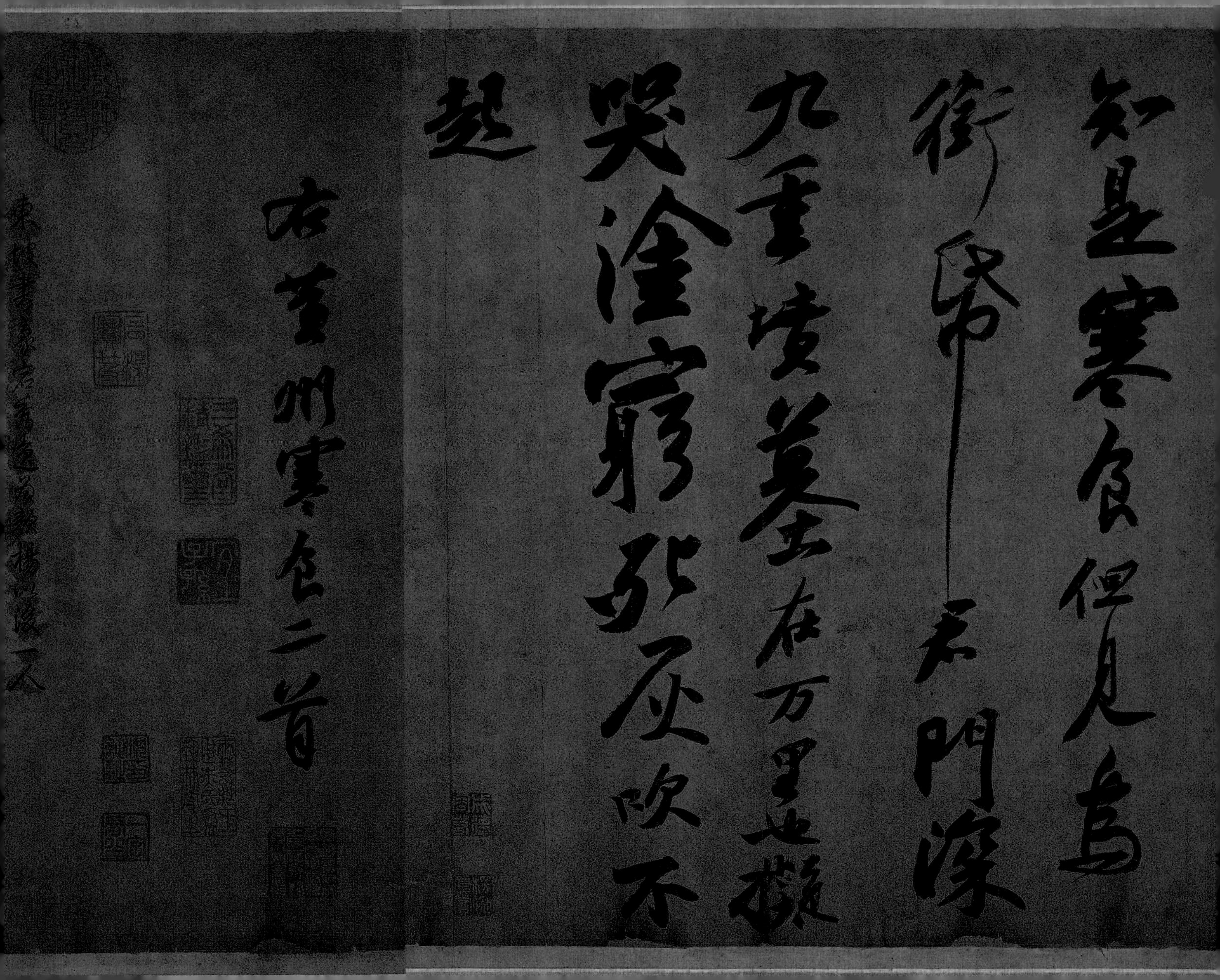
知是寒食但見烏銜紙
君門深九重
墳墓在万里
也擬哭塗窮
死灰吹不起
右黃州寒食二首

東坡此詩似李太白
猶恐太白有未到
處此書兼顏魯
公楊少師李西臺
筆意試使東坡

跋傾倒已極所謂無意於佳乃佳
老坡論書詩云苟能通其意常謂
不學可又云讀書萬卷始通神
蓋[illegible][illegible]於點畫波磔間求之則失
之遠矣乾隆戊辰清和月上澣
御識

自我來黃州已過三寒
食年〻欲惜春〻去不
容惜今年又苦雨兩月秋

東坡寒食帖山谷跋尾歷元明
清皆經著錄咸推為蘇書第一
乾隆間歸內府曾刻入三希堂帖
咸豐庚申之變圓明園焚此卷劫
餘流落人間帖有燒痕即其時也
嗣為吾鄉馮展雲所得馮沒復歸
鬱華閣展雲伯羲盛藏不以眎人
亦無鈐印跋尾意園亡逝十年始由
樸孫完顏都護購得越六年是
為戊午乃由樸孫轉入寒木堂此數
十年未經著錄展轉遞藏之大概
也余恐後來無由知其源委用特
識於卷尾若夫書之精妙前人評
定第一斷推古今以論余復何言
戊午東坡生日
瓢叟顏記

顏世清印

先師張文襄公耆東坡書光緒壬寅公述節武昌客有持此卷請謁公賞玩不
置謂平生所見蘇書墨迹以此為最及內府藏者木謂乃第一答袁某言將奉獻
宮
至徵請求意公曰曉之仲春錄袁適可付裝庫若以便相議當留之否則不敢
受也客大失望因求公題識時方向夕公以為將要邀端忠敏梁文忠馬季立孝廉與
……剝述不可不一見明日則主人嘗此此歸矣時物主

先禮院於公擇舅生上由是与
永安游好有先禮院所藏
昭陵御飛白記及曾祖盧
山府君志名皆列山谷集惟諸
跋世不盡見此跋尤恢奇因詳
著卷後永安為河南屬邑
伯祖嘗為之宰云
三晉張縯季長甫
懿文堂書

東坡老仙三詩先世舊所藏伯
祖永安大夫嘗謁山谷於眉之
青神有携行書帖山谷皆跋其
後此詩其一也老仙文高筆妙
若霄漢雲霞之麗山谷又發揚
蹈厲之可為絕代之珍矣昔
曾大父禮院官中秘書与李
公擇為僚山谷母夫人公擇女
弟也山谷与永安帖自言識

方在世時已忘乃無諸曰某詩加題當遷行程一二日其日山谷老人謂此書兼

魯公少師李西臺之長，恭忠刻得法于此，海上魯公無前人不云島可並異

則文節有東坡老友甚愛敬，竊議其後年不免主人因請坐中諸人亦無敢

下筆者，卷乃留，頃，據此卷以歸，故今卷中無公一字。文襄事功昭昭在人耳目

而精鑒嚴正亦可垂諸新，即此一事已見一斑。此事幸在我目，寓書者亦親見。今重觀

此卷，追懷往事，爰書之。卷後記以上清風亮節，亦當日與諸公至光景觀猶況

宛在目前。不可忘。題文忠既先後歸某天上，並未來於帰頭白門生尚在人世，年據

寶重遠寄勝慨。甲子仲冬上虞羅振玉書于津沽寓居嘉草硯齋

見

蘇文忠寒食帖由顏韻伯以金六萬元售於菊池惺堂，已見內藤跋。李龍

眠瀟湘圖係園亟亂流入日本，古估菊池視屬某以六千元收得，以六萬元轉

售於菊池，價以萬玄錢云。估菊池價大犯之識，至與語事在菊池購蘇帖之前。

右跋誤載此段，故再志之以存其真。

鄭蘇戡又記

3.0

原典選讀

蘇軾 原著

本內容為蘇軾黃州時期詞選，出自鄒同慶、王宗堂原著《蘇軾詞編年校注》，北京中華書局授權使用

卜算子

（黃州定慧院寓居作[①]）

缺月掛疏桐，漏斷人初靜[②]。
時見幽人獨往來[③]，縹緲孤鴻影[④]。
驚起卻回頭，有恨無人省。
揀盡寒枝不肯棲[⑤]，寂寞沙洲冷。

【編年】

元豐三年庚申（一〇八〇年）二月至五月，作於黃州。王文誥《蘇詩總案》卷二一：「元豐五年壬戌一〇八二年）十二月，作《卜算子》詞。」朱本、龍本、曹本並同《總案》。案：蘇軾於元豐三年被謫，正月一日出京，二月一日到達黃州，初寓居定慧院；五月，遷臨皋亭。此詞題云「黃州定慧院寓居作」，當作於初到黃州時（二月至五月），《總案》編元豐五年十二月，不確。

【箋註】

①黃州：今湖北黃岡市。《元和郡縣圖志》卷二七：「黃州，本春秋時邾國之地，後又國之境。戰國時屬楚。秦屬南郡。二漢為江夏郡西陵縣地。魏為重鎮，……至晉為西陽國，封子弟為王。蕭齊於此置齊安郡，隋開皇三年罷郡置黃州，因古黃國為名也。」唐、宋因之。定慧院：明弘治《黃州府志》卷四：「定惠院，在府治東南，蘇子瞻嘗寓居，作海棠詩以自述。」

②漏斷：「漏」指漏壺，古代計時器。許慎《說文》：「漏，以銅受水，刻節，晝夜百刻。」「漏斷」指夜深。

③幽人：《易．履卦》：「履道坦坦，幽人貞吉。」孔穎達《疏》：「既無險難，故在幽隱之人，守正得吉。」案：有二義，一指隱逸之士，一指幽囚之人。此用後義，作者自指，言被貶逐不得與聞世事。作者《過江夜行武昌山聞黃州鼓角》：「幽人夜度吳王峴」、《吾謫海南，子由雷州……》：「幽人拊枕坐歎息」，與此同義。

④縹緲：高遠隱約貌。李白《天門山》詩：「參差遠天際，縹緲晴霜外。」

⑤「揀盡寒枝」二句：隋．李元操《鳴雁行》：「夕宿寒枝上，朝飛空井傍。」此則言不肯棲高寒之木而甘居寂寞沙洲，其品格高尚如是。

水龍吟

（贈趙晦之吹笛侍兒）

楚山修竹如雲[①]，異材秀出千林表。
龍鬚半剪[②]，鳳膺微漲，玉肌勻繞。
木落淮南[③]，雨晴雲夢，月明風嫋。
自中郎不見[④]，桓伊去後[⑤]，知孤負、秋多少。

聞道嶺南太守[⑥]，後堂深、綠珠嬌小。
綺窗學弄，《梁州》初徧[⑦]，《霓裳》未了。
嚼徵含宮[⑧]，泛商流羽，一聲雲杪[⑨]。
為使君洗盡，蠻風瘴雨[⑩]，作《霜天曉》[⑪]。

【編年】

元豐三年庚申（一〇八〇年）十一月，作於黃州。案：此詞主旨和寫作時間、地點，眾說不一：（一）傅藻《東坡紀年錄》謂熙寧八年乙卯（一〇七五年）在密州贈趙晦之吹笛侍兒，朱本、龍本從其說。（二）傅本、吳本、明刊全集、二妙集、毛本均謂為閭丘公顯後房懿卿作，曹本從其說，仍編熙寧八年乙卯。（三）王文誥《蘇詩總案》卷一一謂熙寧七年甲寅（一〇七四年）五月，蘇軾任杭州通判，因事至金閶（蘇州），飲於閭丘公顯家，贈懿卿作。（四）一九八三年第三輯《中華文史論叢》載張志烈《蘇詞三首繫年辨》及一九九二年第一期《河北師院學報》載吳雪濤《蘇詞三首考證》，二文均認為「這首詞不是寫與閭丘公顯而是寫與趙晦之的」，張文認為當作於元豐四年或稍後，吳文認為作於元豐五年。（五）薛本編元豐八年十月，云：「公赴登州經漣水時，趙晦之從『嶺南太守』任上新歸，故順筆及之耳。」（六）孔《譜》編元豐三年十一月作於黃州，云：「趙昶知藤州，簡昶憂南方兵事。昶在藤餽丹砂，報以蘄笛，賦《水龍吟》，贈昶侍兒。」孔說更符合史實，今從孔說。

【箋註】

①楚山修竹：傅注：「今蘄州笛材，故楚地也。」明弘治《黃州府志》卷二《土產》：「蘄竹亦名笛竹簟，以色瑩者為簟，節疏者為笛，帶鬚者為杖。」白居易《寄李蘄州》：「笛愁春盡梅花裏，簟冷秋生薤葉中。」自注：「蘄州出好笛並薤葉簟。」

②「龍鬚」三句：傅注：「笛製取良榦通洞之，若於首頸處，則存一節，節間留纖枝，剪而束之。節以下若膺處則微漲，而全體皆要勻淨。若《漢書》所謂生其竅厚均者，斷兩節間而吹之。審如是，然後可製，故能遠可通靈達微，近可以寫情暢神。謂之龍鬚、鳳膺、玉肌，皆取其美好之名也。」

③「木落」三句：傅注：「善吹笛者，必俟氣肅天清，風微月亮，聊作一二弄，遂臻其妙。」淮南：泛指淮河以南、長江以北一帶。《漢書》卷一四《諸侯王表第二》：「北界淮

瀕，略廬、衡，為淮南。」徐堅《初學記》卷八：「淮南道者，禹貢揚州之域，又得荊州之東界，自淮以南，略江而西，盡其地也。」雲夢：古澤名，歷來說法不一。一說本二澤，雲在江北，夢在江南。一說雲夢為一澤，可單言雲或夢。《元和郡縣圖志》卷二七：「雲夢澤在（安陸）縣南五十里。」《太平寰宇記》卷一一三：「竟陵城西大澤，即古雲夢。」

④中郎：中郎將，此指蔡邕。傳注：「蔡邕初避難江南，宿於柯亭之館，以竹為椽。邕仰而盼之，曰：『此良竹也。』取以為笛，奇聲獨絕，歷代傳之至於今。邕嘗為中郎將。」案《後漢書》卷六〇下注引張騭《文士傳》曰：「邕告吳人曰：『吾昔嘗經會稽高遷亭，見屋椽竹東間第十六，可以為笛。』取用，果有異聲。」伏滔《長笛賦序》：「柯亭之觀，以竹為椽，邕取為笛，奇聲獨絕。」與傳注微異，傳或別有所本。

⑤桓伊：《昭君怨》（誰作桓伊三弄）注二：桓伊：晉人，字叔夏，小字野王，歷淮南太守、豫章刺史等。《晉書》卷八一《桓伊傳》：桓伊「善音樂，盡一時之妙，為江左第一。有蔡邕柯亭笛，常自吹之。」南朝・宋・劉義慶《世說新語》下卷上《任誕》：「王子猷出都，尚在渚下。舊聞桓子野善吹笛，而不相識。遇桓於岸上過，王在船中，客有識之者云：『是桓子野。』王便令人與相聞，云：『聞君善吹笛，試為我一奏。』桓時已顯貴，素聞王名，即便回下車，踞胡牀，為作三調。弄畢，便上車去。客主不交一言。」。案：「趙昶（晦之）有兩婢善吹笛，知藤州日，以丹砂遺子瞻。子瞻以蘄笛報之，並有二曲，其詞甚美。」孔所謂「曲」者即此《水龍吟》也。詞的上片蓋由贈笛所引發，援引一系列典故吟咏笛之材與笛之事。

⑥「聞道」三句：「嶺南太守」，指趙晦之，時知藤州，在南嶺之南，故云。綠珠：《晉書》卷三三《石崇傳》：「崇有妓曰綠珠，美而豔，善吹笛。」此以綠珠喻趙晦之家妓。

⑦「梁州」二句：梁州：即《涼州》，古曲名，郭茂倩《樂府詩集》卷七九引《樂苑》：「《涼州》，宮調曲。開元中，西涼府都督郭知運進。」初徧：傳注：「初徧者，今樂府

諸大曲，凡數十解，於攧前則有排遍，攧後則有延遍。此謂之『初遍』，豈非『排遍』之首謂乎？」霓裳：即《霓裳羽衣曲》，唐代大型樂曲名。屬商調曲，時號越調。原為印度舞曲《婆羅門》，流傳至西涼，開元中西涼府節度使楊敬述傳入內地，經玄宗潤色，於天寶十三載改為《霓裳羽衣曲》。傅注：「天寶初，羅公遠侍明皇中秋宴，公遠奏曰：『陛下能從臣月宮遊乎？』命取桂枝杖，向空擲之，為大橋，色如白金。上同行數十里，至大城闕，公遠曰：『此月宮也。』仙女數百，素衣飄然，舞於廣庭中，上問：『此為何曲？』曰：『《霓裳羽衣曲》也。』上密記其聲節，及回，即喻伶人，象其音調，製為《霓裳羽衣》之曲。」此說出自《神仙感遇傳》，係小說家附會而成，不足信。

⑧「嚼徵」二句：宋玉《對楚王問》：「引商刻羽，雜以流徵，國中屬而和者，不過數人而已。」徵、宮、商、羽，均為古代五聲之一。

⑨雲杪：雲端之意。傅注：「諸樂器中，唯笛有穿雲裂石之聲。」

⑩蠻風瘴雨：指中國南方含有瘴氣之風雨。時趙晦之所在之藤州，屬蠻煙瘴雨之鄉，故云。

⑪霜天曉：即《霜天曉角》。古曲名。案：詞的下片緊扣詞題，吟詠晦之吹笛侍兒之善吹。

江城子

（大雪，有懷朱康叔使君[①]，亦知使君之念我也。作《江城子》以寄之）

黃昏猶是雨纖纖。曉開簾。欲平檐。
江闊天低、無處認青帘[②]。
孤坐凍吟誰伴我？

揩病目，撚衰髯。
使君留客醉厭厭[③]。
水晶鹽[④]。為誰甜[⑤]？
手把梅花、東望憶陶潛。
雪似故人人似雪，雖可愛，有人嫌。

【編年】

元豐四年辛酉（一〇八一年）十二月，作於黃州。王文誥《蘇詩總案》卷二一：「元豐四年辛酉，十二月，雪中有懷朱壽昌作《江神子》詞。」

【箋註】

①朱康叔：即朱壽昌，時知鄂州。《宋史》卷四五六《朱壽昌傳》：朱壽昌字康叔，揚州天長人。曾通判陝州、荊南，權知岳州、閬州。又知鄂州，提舉崇禧觀，累官司農少卿，易朝議大夫，遷中散大夫，年七十而卒。壽昌勇於義，周人之急無所愛。又以孝聞天下，自王安石、蘇頌、蘇軾以下，士大夫爭為詩美之。

②青帘：古時酒店掛的青布幌子。鄭谷《旅寓洛南村舍》：「白鳥窺魚網，青帘認酒家。」

③醉厭厭：《詩經．小雅．湛露》：「厭厭夜飲，不醉無歸。」此指飲酒時氣氛安樂、祥和。

④水晶鹽：蕭繹《金樓子》卷五：「白鹽山，山峰洞澈，有如水精，及其映日，光似琥珀。胡人和之，以供國廚，名為『君王鹽』，亦名『玉華鹽』。」《魏書》卷三五《崔浩傳》：「語至中夜，（太宗）賜浩縹醪酒十觚，水精戎鹽一兩。」李白《題東谿公幽居》：「客到但知留一醉，盤中祇有水晶鹽。」

⑤為誰甜：曾季貍《艇齋詩話》：「東坡《雪》詩云：『水精鹽，為誰甜？』鹽味不應言甜。以古樂府考之，言『白酒甜鹽』，則知鹽可言甜。」

水龍吟

（閭丘大夫孝終公顯，嘗守黃州[①]，作棲霞樓[②]，為郡中勝絕。元豐五年，余謫居於黃。正月十七日，夢扁舟渡江，中流回望，樓中歌樂雜作，舟中人言，公顯方會客也。覺而異之，乃作此詞。公顯時已致仕[③]，在蘇州。）

小舟橫截春江，臥看翠壁紅樓起[④]。
雲間笑語，使君高會[⑤]，佳人半醉。
危柱哀絃[⑥]，豔歌餘響[⑦]，繞雲縈水。
念故人老大，風流未減，獨回首、煙波裏。

推枕惘然不見，但空江、月明千里。
五湖聞道[⑧]，扁舟歸去，仍攜西子。
雲夢南州[⑨]，武昌南岸，昔遊應記。
料多情病裏，端來見我[⑩]，也參差是[⑪]。

【編年】

元豐五年壬戌（一〇八二年）正月，作於黃州。王宗稷《東坡先生年譜》：「元豐五年壬戌，先生年四十七，在黃州。夢扁舟望棲霞，作《鼓笛慢》。」傅藻《東坡紀年錄》：「元豐五年壬戌，正月十七日，夢扁舟渡江，中流回望棲霞樓中，歌樂雜作。舟中人言，公顯方會客。覺而異之，乃作《水龍吟》。」

【箋註】

①閭丘大夫：《浣溪沙》（一別姑蘇已四年）注一：閭丘朝議：即閭丘孝終。宋．范成大《吳郡志》卷二六：「閭丘孝終，字公顯，郡人。嘗守黃州。蘇文忠公在東坡時，與交往甚密（案：東坡貶黃時，郡守為徐君猷，徐罷任，楊君素來代，公顯不在黃州。東坡貶黃前已和閭丘有交，此處有誤。）公後經從，必訪孝終，賦詩為樂。孝終既掛冠，與諸名人、耆艾為九老會。」朝議：即朝議大夫，隋時設置，屬散官，取漢諸大夫得上奉朝議為名，唐宋因之。

②棲霞樓：宋初王義慶創建，閭丘孝終任黃州太守時重建，位於赤壁之上。王象之《輿地紀勝》卷四九《黃州．景物下》：「棲霞樓，在儀門之外西南，軒豁爽塏，坐挹江山之勝，為一郡奇絕，東坡所謂賦《鼓笛慢》者也。又閭丘太守孝終公顯，嘗守黃州，作棲霞樓，為郡中絕勝。東坡《次韻王鞏詩》云：『賓州在何處，為子上棲霞。』」明弘治《黃州府志》卷四：「棲霞樓，舊志：在西南，宋李顯守黃州時建，坐挹江山之勝。昔人孫載詩：『地據淮西盡，江吞山壁寬。』……今毀無址。」二說有別，並錄備考。

③致仕：舊謂交還官職，即辭官退休。《禮記．曲禮上》：「大夫七十而致事。」鄭玄注：「致其所掌之事於君而告老。」致仕即「致事」。

④翠壁紅樓起：在翠綠的峭壁上，突起一座紅樓。「紅樓」，指棲霞樓。

⑤高會：盛大宴會。《史記》卷七《項羽本紀》：宋義「乃遣其子宋襄相齊，身送之至無鹽，飲酒高會。」《索隱》云：「韋昭曰：『皆召高爵者，故曰高會。』服虔云：『大會是

也。』」

⑥危柱哀絃：泛指演奏弦樂器。晉・孫瓊《箜篌賦》：「陵危柱以頡頏，憑哀弦以躑躅。」

⑦「豔歌」二句：《列子》卷下《湯問》：「薛譚學謳於秦青，未窮青之技，自謂盡之，遂辭歸。秦青弗止，餞於郊衢，撫節悲歌，聲振林木，響遏行雲。薛譚乃謝求反，終身不敢言歸。」此借其典言歌曲美妙而嘹亮。

⑧「五湖」三句：指范蠡、西施事，《菩薩蠻》（玉童西迓浮丘伯）注八：《國語》卷二一《越語下》：越滅吳，「反至五湖，范蠡辭於王曰：『君王勉之，臣不復入越國矣。』……遂乘輕舟以浮於五湖，莫知其所終極。」又杜牧《杜秋娘詩》：「西子下姑蘇，一舸逐鴟夷。」此戲嘲蘇守王規父莫留住杭妓，如范蠡之攜西施游五湖，一去不返。此以范蠡喻閭丘孝終。

⑨「雲夢」二句：雲夢南州：指黃州，在古雲夢澤之南。武昌：今湖北鄂城，在長江之南，與黃州相對。

⑩端來：果真來。

⑪參差：依稀，彷彿。白居易《長恨歌》：「中有一人字太真，雪膚花貌參差是。」

江城子

（陶淵明以正月五日遊斜川①，臨流班坐，顧瞻南阜，愛曾城之獨秀②，乃作斜川詩，至今使人想見其處。元豐壬戌之春，余躬耕於東坡③，築雪堂居之④。南挹四望亭之後丘⑤，西控北山之微泉，慨然而嘆，此亦斜川之遊也。乃作長短句，以《江城子》歌之。）

夢中了了醉中醒⑥。只淵明。
是前生。走遍人間、依舊卻躬耕⑦。
昨夜東坡春雨足，烏鵲喜⑧，報新晴。
雪堂西畔暗泉鳴。北山傾。小溪橫。
南望亭丘、孤秀聳曾城。
都是斜川當日境，吾老矣，寄餘齡⑨。

【編年】

元豐五年壬戌（一〇八二年）二月，作於黃州。王宗稷《東坡先生年譜》：「元豐五年壬戌，以長短句擬斜川觀之。『元豐壬戌之春，予躬耕東坡，築雪堂以居之。南挹四望亭之後（丘），西控北山之微泉，慨然而歎，此亦斜川之游也。』作《江城子》詞。」王文誥《蘇詩總案》卷二一：元豐五年二月作。

【箋註】

①斜川：在江西省星子、都昌二縣之間。陶淵明《遊斜川序》：「辛丑（一作辛酉）正月五日，天氣澄和，風物閑美。與二三鄰曲，同遊斜川。」

②曾城：又作層城，原指崑崙山最高級。《水經注》卷一《河水》引《崑崙說》曰：「崑崙之山三級，下曰樊桐，一名板松；二曰玄圃，一名閬風；上曰層城，一名天庭，是謂太帝之居。」此指斜川落星寺。明．駱庭芝《斜川辨》云：「稱曾城者，落星寺也。《遊斜川》詩曰：『迥澤散游目，緬然睇曾丘。』當正月五日，春水未生，落星寺宛在大澤中，是所謂迥澤也。曾城之名，殆是晉所稱者。」（明刊本《陶淵明集》附錄下引）今人逯欽立謂「指鄣山。山在廬山北，彭蠡澤西，一名江南嶺，又名天子鄣。」（見．中華書局出版《陶淵明集》）可參。

③東坡：《蘇軾詩集》卷二一《東坡八首敘》：「余至黃州二年，日以困匱。故人馬正卿哀余乏食，為於郡中請故營地數十畝，使得躬耕其中。地既久荒為茨棘瓦礫之場，而歲又大旱，墾闢之勞，筋力殆盡。」《輿地紀勝》卷四九《黃州．景物上》：「東坡，在州治之東百餘步。元豐三年蘇軾謫居寓臨皋亭，後得此地。」

④雪堂：《蘇軾文集》卷一二《雪堂記》：「蘇子得廢圃於東坡之脅，築而垣之，作堂焉，號其正曰雪堂。堂以大雪中為之，因繪雪於四壁之間，無容隙也。起居偃仰，環顧睥睨，無非雪者。蘇子居之，真得其所居者也。」

⑤四望亭：《輿地紀勝》卷四九《黃州．景物下》：「在雪堂南高阜之上，唐太和中刺史劉嗣之所立，李紳作記。」

⑥「夢中」三句：傳注：「世人於夢中顛倒，醉中昏迷。而能在夢而了，在醉而醒者，非公與淵明之徒，其誰能哉！」

⑦躬耕：言親治農事也。諸葛亮《出師表》：「臣本布衣，躬耕於南陽。」

⑧鵲喜：傳注：「烏鵲，陽鳥，先事而動，先物而應。漢武帝時，天新雨止，聞鵠聲，帝以問東方朔，方朔曰：『必在殿後柏木枯枝上，東向而鳴也。』驗之，果然。」參見《初學記》卷三〇《鵲》部引《東方朔傳》。

⑨餘齡：餘生。韓愈《過南陽》：「熟忍生以感，吾其寄餘齡。」

定風波

（三月七日，沙湖道中遇雨[①]。雨具先去，同行皆狼狽，余獨不覺。已而遂晴，故作此詞。）

莫聽穿林打葉聲。何妨吟嘯且徐行[②]。
竹杖芒鞋輕勝馬[③]。誰怕？
一蓑煙雨任平生[④]。

料峭春風吹酒醒[⑤]。微冷。
山頭斜照卻相迎。回首向來蕭瑟處。歸去[⑥]。
也無風雨也無晴。

【編年】

元豐五年壬戌（一〇八二年）三月，作於黃州。王文誥《蘇詩總案》卷二一：「元豐五年壬戌，三月七日，公以相田至沙湖，道中遇雨作。」

【箋註】

①沙湖：《東坡志林》卷一：「黃州東南三十里，為沙湖，亦曰螺師店，予買田其間。」

②吟嘯：意態瀟散，且吟且嘯。《晉書》卷七九《謝安傳》：「嘗與孫綽等汎海，風起浪湧，諸人並懼，安吟嘯自若。」

③竹杖芒鞋：傅注引无則詩：「騰騰兀兀恣閒行，竹杖芒鞵稱野情。」案：原詩今佚。芒鞋，即草鞋。蘇軾《初入廬山三首》之三：「芒鞵青竹杖，自掛百錢遊。」

④一蓑煙雨：鄭谷《試筆偶書》：「殷勤一蓑雨，祇得夢中披。」

⑤料峭：形容春寒。陸龜蒙《奉和襲美開元寺客省早景即事次韻》：「褵褷滿地貝多雪，料峭入樓於闐風。」

⑥「回首」二句：寫自己恬澹心境，無論自然風雨還是政治風雨，是陰雨是晴天，全不介意。詩人晚年貶至海南所作《獨覺》詩，亦有「回首向來蕭瑟處，也無風雨也無晴」句。

念奴嬌

（赤壁懷古①）

大江東去②，浪淘盡、千古風流人物。
故壘西邊③，人道是、三國周郎赤壁④。
亂石穿空，驚濤拍岸，捲起千堆雪。
江山如畫，一時多少豪傑。

遙想公瑾當年⑤，小喬初嫁了⑥，雄姿英發⑦。
羽扇綸巾⑧，談笑間、強虜灰飛煙滅⑨。
故國神遊⑩，多情應笑我⑪，早生華髮⑫。
人間如夢，一尊還酹江月⑬。

【編年】

元豐五年壬戌（一〇八二年）七月，作於黃州。傅藻《東坡紀年錄》：「元豐五年壬戌，公在黃州。七月，既望，泛舟於赤壁之下，作《赤壁賦》，又懷古作《念奴嬌》。」王文誥《蘇詩總案》卷二一：「元豐四年辛酉（一〇八一年），十月，赤壁懷古作《念奴嬌》詞。」案：《紀年錄》與《總案》編年不一，皆無具體考證。朱本、龍本、曹本並從《紀年錄》。今依《赤壁賦》與《紀年錄》，亦編元豐五年七月。

【箋註】

①赤壁：據有關史料記載，湖北江漢之間稱赤壁者有五。一指蒲圻縣赤壁山，《元和郡縣圖志》卷二七《鄂州・蒲圻縣》：「赤壁山，在縣西一百二十里。北臨大江，其北岸即烏林，與赤壁相對，即周瑜用黃蓋策，焚曹公舟船敗走處，故諸葛亮論曹公『危於烏林』是也。」二指武昌縣西赤磯山，酈道元《水經注》卷三五：「江水左徑百人山南，右徑赤壁山北，昔周瑜與黃蓋詐魏武大軍處所也。」三指漢陽縣西南臨障山南峰，王象之《輿地紀勝》卷七九《荊湖北路・漢陽郡・景物上》：「《荊州記》：臨嶂山南峰謂之烏林峰，亦謂之赤壁，周瑜破曹操處。」四指漢川縣城西八十里之赤壁草市，《元和郡縣圖志》卷二七《沔州・漢川縣》：「赤壁草市，在縣西八十里，古今地書多言此是曹公敗處。」五指黃州城西之赤鼻山，蘇軾《東坡志林》卷四《赤壁洞穴》：「黃州守居之數百步為赤壁，或言即周瑜破曹公處，不知果是否？」案：周瑜破曹操之赤壁，在鄂州蒲圻縣西北一百二十里長江南岸，一說在湖北武昌縣西南赤磯山。本詞所言赤壁，指黃州赤鼻山（又名赤鼻磯），非周瑜破曹操處。葛立方《韻語陽秋》卷一三：「曹操入荊州，孫權遣周瑜與劉備併力逆曹公，遇於赤壁，曹公軍馬燒溺死者甚眾，軍遂大敗，蓋謂鄂州蒲圻赤壁也。黃州亦有赤壁，但非周瑜所戰之地。東坡嘗作賦曰：『西望夏口，東望武昌，非孟德之困於周郎者乎？』蓋亦疑之矣，故作長短句云：『人道是三國周郎赤壁。』謂之『人道是』，則心知其非矣。」然以黃州赤鼻磯為三國古戰場，

詩歌吟詠中早見，如杜牧《齊安郡晚秋》即有「可憐赤壁爭雄渡，唯有蓑翁坐釣魚。」

②大江：古代專指長江。傳注：「《漢書．地理志》：『岷山，岷江所出，故為大江。』」李白《廬山謠寄盧侍御虛舟》：「登高壯觀天地間，大江茫茫去不還。」

③故壘：舊時營壘。杜甫《新安吏》：「就糧近故壘，練卒依舊京。」

④周郎：《三國志》卷五四《吳書．周瑜傳》：「周瑜，字公瑾，廬江舒人也。……堅子策，與瑜同年，獨相友善。……是歲建安三年也，策親自迎瑜，授建威中郎將，即與兵二千人，騎五十匹。瑜時年二十四，吳中皆呼為周郎。」

⑤當年：當時。或解作盛壯之年，亦可通。

⑥小喬：三國時喬公之女，周瑜之妻。喬，一作橋，姓。《三國志》卷五四《吳書．周瑜傳》：「（孫）策欲取荊州，以瑜為中護軍，領江夏太守，從攻皖，拔之。時得橋公兩女，皆國色也。策自納大橋，瑜納小橋。」注引《江表傳》：「策從容戲瑜曰：橋公二女雖流離，得吾二人作婿，亦足為歡。」考赤壁之戰時周瑜結婚已十年。此句言「初嫁」，意在突出其年輕得意。

⑦雄姿英發：雄姿：儀態傑出非凡。英發：才華橫溢。《三國志》卷五四《吳書．周瑜傳》：「瑜長壯有姿貌。」又《三國志》卷五四《吳書．呂蒙傳》：「孫權與陸遜論周瑜、魯肅及蒙曰：『公瑾雄烈，膽略兼人，……（呂蒙）學問開益，籌略奇至，可以次於公瑾，但言議英發不及之耳。』」蘇軾《送歐陽推官赴華州監酒》：「知音如周郎，議論亦英發。」

⑧羽扇綸巾：羽扇：鳥羽所製之扇。綸巾：古代冠名，一名諸葛巾，以青絲綬為之。程大昌《演繁露》卷八《羽扇》條：「《語林》曰：『諸葛武侯與晉宣帝戰於渭濱，乘素車，着葛巾，揮白羽扇，指麾三軍。』《晉書》：『顧榮征陳敏，自以羽扇麾之，敏眾大潰。』」此句羽扇綸巾是形容周瑜裝束儒雅，風度瀟灑，有穩操勝券之概。

⑨強虜：指曹軍。灰飛煙滅：言曹操水軍，焚於周瑜一炬。

李白《赤壁歌送別》：「二龍爭戰決雌雄，赤壁樓船掃地空。烈火張天照雲海，周瑜於此破曹公。」

⑩故國神遊：即神遊故國。「故國」的本意為舊都，此指舊地赤壁古戰場。神遊：神往。《列子》卷上《周穆王》：「化人曰：『吾與王神遊也，形奚動哉？』」

⑪多情應笑我：即應笑我多情。

⑫早生華髮：劉駕《山中夜坐》：「誰遣我多情，壯年無鬢髮。」歐陽修《六一詩話》載：閩人有謝伯初者，字景山，頗多佳句，詩有「多情未老已白髮，野思到春如亂雲。」

⑬酹：以酒灑地表示祭奠。

洞仙歌

（僕七歲時，見眉山老尼，姓朱，忘其名，年九十餘。自言：嘗隨其師入蜀主孟昶宮中[1]一日大熱，蜀主與花蕊夫人夜起，避暑摩訶池上[2]，作一詞。朱具能記之。今四十年，朱已死，人無知此詞者，獨記其首兩句。暇日尋味，豈《洞仙歌令》乎？乃為足之耳。）

冰肌玉骨[3]，自清涼無汗。
水殿風來暗香滿[4]。
繡簾開、一點明月窺人[5]，
人未寢，攲枕釵橫鬢亂[6]。

起來攜素手[7]，庭戶無聲，
時見疏星渡河漢。
試問夜如何[8]？夜已三更，
金波淡、玉繩低轉[9]。
但屈指、西風幾時來，
又不道流年[10]，暗中偷換。

【編年】

元豐五年壬戌（一〇八二年）作於黃州。朱孝臧《東坡樂府》卷二：「案公生丙子，七歲為壬午，又四十年為壬戌也。」

【箋註】

①孟昶：《十國春秋》卷四九《後主本紀》：後主昶，字保元，初名仁贊，高祖第三子，立為皇太子，高祖晏駕，更名昶。幼時聰悟才辨。好學，為文皆本於理。亦工聲曲，有《相見歡》詞。

②花蕊夫人：吳曾《能改齋漫錄》卷一六：「徐匡璋納女於昶，拜貴妃，別號花蕊夫人。意花不足擬其色，似花蕊翾輕也。又升號慧妃，以號如其性也。」胡仔《苕溪漁隱叢話．前集》卷六〇引《後山詩話》：「費氏，蜀之青城人，以才色入蜀宮，事後主，嬖之，號花蕊夫人。」二說不同。摩訶池：「摩訶」乃梵語，《智度論》卷三：「摩訶秦言大、或多、或勝。」摩訶池在孟蜀之宣華苑，又改為宣華池。相傳故址在今成都昭覺寺。

③冰肌玉骨：《減字木蘭花》（鄭莊好客）注八：瑩骨冰膚：形容歌妓之美。宋玉《神女賦》：「曄兮如華，溫乎如瑩。」《莊子．逍遙遊》：「藐姑射之山，有神人居焉，肌膚若冰雪，綽約若處子。」

④「水殿」句：王昌齡《西宮秋怨》詩：「芙蓉不及美人妝，水殿風來珠翠香。」李白《口號吳王美人半醉》詩：「風動荷花水殿香，姑蘇台上見吳王。」此指摩訶池上的宮殿。

⑤一點明月：杜甫《玩月呈漢中王》詩：「關山同一點，烏鵲自多驚。」阮籍《詠懷》其一：「薄帷鑒明月，清風吹我襟。」

⑥欹枕釵橫：元稹《晚秋》詩：「誰憐獨欹枕，斜月透窗明。」歐陽修《臨江仙》：「水精雙枕，傍有墮釵橫。」此寫花蕊夫人睡態。

⑦素手：少女潔白的手。《古詩．青青河畔草》：「纖纖出素手。」

⑧夜如何：《詩．小雅．庭燎》：「夜如何其？夜未央。」

杜甫《春宿左省》詩：「明朝有封事，數問夜如何？」

⑨金波、玉繩：謝朓《暫使下都夜發新林至京邑贈西府同僚》詩：「金波麗鳷鵲，玉繩低建章。」「金波」指浮動之月光。「玉繩」是星名。《文選》卷二張平子《西京賦》李善註引《春秋元命苞》：「玉衡北兩星為玉繩。」即北斗七星之第五星（玉衡）北二星。通常泛指群星。

⑩不道：猶言不知不覺。馮延巳《蝶戀花》詞：「幾日行雲何處去？忘了歸來，不道春將暮。」流年：似水一樣流逝的年華。杜甫《雨》詩其十六：「悠悠邊月破，鬱鬱流年度。」

醉蓬萊

（謫居黃州，三見重九，每歲與太守徐君猷會於棲霞樓。今年公將去，乞郡湖南，念此惘然，故作是詞。）

笑勞生一夢[1]，羈旅三年[2]，又還重九。華髮蕭蕭[3]，對荒園搔首[4]。賴有多情[5]，好飲無事，似古人賢守。歲歲登高[6]，年年落帽，物華依舊。

此會應須爛醉[7]，仍把紫菊茱萸[8]，細看重嗅。搖落霜風[9]，有手栽雙柳[10]。來歲今朝，為我西顧，酹羽觴江口[11]。會與州人，飲公遺愛[12]，一江醇酎[13]。

【編年】

元豐五年壬戌（一〇八二年）九月，作於黃州。案：此詞寫作年代，傅藻《東坡紀年錄》編入元豐六年癸亥，云：「居黃三見重九，每歲與君猷會於棲霞樓。君猷將去，念此憫然，故作《醉蓬萊》。」朱本、龍本、曹本均依《紀年錄》編年。王宗稷《東坡先生年譜》編入元豐五年壬戌，云：「重九作《醉蓬萊》示黃守徐君猷，有『羈旅三年』之句。先生庚申來黃，至是恰三年矣。」王文誥《蘇詩總案》卷二一亦編元豐五年，云：「九月九日徐大受攜酒雪堂，作《醉蓬萊》詞。」又云：「詞有『羈旅三年』句，信為元豐五年壬戌所作。而《紀年錄》以重九《南鄉子》詞編是年，以是詞編六年癸亥，並誤，今駁正。」今從王宗稷《年譜》及《蘇詩總案》。

【箋註】

①勞生一夢：《莊子．大宗師》：「夫大塊載我以形，勞我以生，佚我以老，息我以死。」李白《春日醉起言志》詩：「處世若大夢，胡為勞其生。」

②羇旅：《左傳．莊公二十二年》：「羇旅之臣。」杜預注：「羇，寄也；旅，客也。」

③華髮蕭蕭：傅注：「唐褚遂良帖云：『華髮蕭然。』蓋貶長沙時也。公時貶黃，故云。」李商隱《細雨》詩：「楚女當時意，蕭蕭髮彩涼。」

④搔首：《詩邶風．靜女》：「搔首踟躕。」

⑤「賴有多情」三句：謂謫黃三年，賴有多情賢守徐君猷，愛民不擾，無訴訟事，每歲重九招飲無事酒。《史記》卷七〇《張儀傳》：陳軫為楚使秦，過梁，欲見犀首。謝弗見。已乃見之，陳軫曰：「公何好飲也？」犀首曰：「無事也。」曰：「吾請令公厭事可乎？」

⑥「歲歲登高」三句：謂歲歲重九日與君猷登高、飲酒。梁．吳均《續齊諧記》：「費長房謂桓景曰：『九月九日汝家當有災。宜急去，令家人各作絳囊，盛茱萸以繫臂，登高飲菊花酒，此禍可除。』景於是日齊家登山。夕還，見雞犬牛羊一時暴死。」重九登高蓋始於此。落帽：典出陶淵

明《晉故征西大將軍長史孟府君傳》：「九月九日，溫游龍山，參佐畢集，四弟二甥咸在坐。時佐吏並著戎服。有風吹君（孟嘉）帽墮落，溫目左右及賓客勿言，以觀其舉止。君初不自覺，良久如廁。溫命取以還之。廷尉太原孫盛，為咨議參軍，時在坐。溫命紙筆令嘲之。文成示溫，溫以著坐處。君歸，見嘲笑而請筆作答，了不容思，文辭超卓，四座歎之。」物華：自然景色。謝靈運《撰征賦》：「怨物華之推擇，慨舟壑之遞遷。」杜甫《曲江陪鄭南史飲》詩：「自知白髮非春事，且盡芳尊戀物華。」

⑦爛醉：杜甫《杜位宅守歲》詩：「誰能更拘束，爛醉是生涯。」

⑧「紫菊茱萸」二句：杜甫《九日藍田崔氏莊》：「明年此會知誰健，醉把茱萸仔細看。」「茱萸」，植物名，古俗重陽節佩戴茱萸，以袪邪避災。《西京雜記》卷三：「九月九日佩茱萸，食蓬餌，飲菊華酒，令人長壽。」

⑨搖落：宋玉《九辯》：「蕭瑟兮，草木搖落而變衰。」曹丕《燕歌行》：「草木搖落露為霜。」

⑩手栽雙柳：《蘇軾詩集》卷二二《徐君猷輓詞》有「雪後獨來栽柳處，竹間行復采茶時」。蓋「手栽雙柳」為紀實也。

⑪羽觴：酒器，作雀鳥狀，左右形如兩翼。《漢書》卷九七下《外戚傳下．班倢伃》：「顧左右兮和顏，酌羽觴兮銷憂。」注引孟康曰：「羽觴，爵也，作生爵形，有頭尾羽翼。」一說插鳥羽於觴，促人速飲。宋玉《招魂》：「瑤漿密勺，實羽觴些。」洪興祖補注：「杯上綴羽，以速飲也。」。

⑫遺愛：《漢書．敘傳下》：「淑人君子，時同功異，黃世遺愛，民有餘思。」此謂君猷去黃，仁愛將遺留於黃州。

⑬一江醇酎：傅注：「《黃石公記》：昔者良將有饋　醪者，投於河，令士逐流而飲之，三軍皆告醉。」《禮記．月令》：「天子飲酎。」鄭玄注：「酎之言醇也，謂重釀之酒也。」《漢書．景帝紀》：「高廟酎。」顏師古注：「酎，三重醇酒也。」又以長江水如重釀之醇酒，喻君猷遺愛之深長。

西江月

（重陽樓霞樓作）

點點樓頭細雨①。重重江外平湖。
當年戲馬會東徐②。今日凄涼南浦③。
莫恨黃花未吐④。且教紅粉相扶⑤。
酒闌不必看茱萸⑥。俯仰人間今古。

【編年】

元豐五年壬戌（一〇八二年）九月九日，作於黃州。此詞朱本未編年，龍本編元豐六年癸亥，云：「案彊邨本此詞列在卷三，不編年，以當時未見傅本，不敢臆定故也。今據傅本題文，與詞中『戲馬東徐』之語，斷為先生謫居黃州三年間作，因為改編癸亥。」曹本從龍本。案：據本詞題文及「今日淒涼南浦」句，此詞當與《醉蓬萊》（笑勞生一夢）作於同時，均係送別徐君猷之作。王水照《蘇軾選集》亦謂二詞同時作，認為《醉蓬萊》「乃重陽聚會前所作，本篇則作於聚會之時。」今編元豐五年壬戌《醉蓬萊》詞後。龍本、曹本編癸亥，誤，癸亥徐君猷已離黃矣。

【箋註】

①點點細雨：杜牧《村行》詩：「娉娉垂楊風，點點過塘雨。」

②戲馬東徐：傅注：「東徐，彭城也。」徐州有重陽節聚會戲馬台之俗。謝瞻《九日從宋公戲馬台集送孔令》，李善注引蕭子顯《齊書》云：「宋武帝為宋公，在彭城，九日出項羽戲馬台，至今相承，以為舊準。」《元和郡縣圖志》卷九《河南道．徐州．彭城縣》：「戲馬台，在縣東南二里。項羽所造，戲馬於此。宋公九日登戲馬台即此。」

③「今日南浦句：謂郡守徐君猷將去黃，乞郡湖南。南浦：送別之處。《楚辭．九歌．河伯》：「送美人兮南浦。」江淹《別賦》：「送君南浦，傷如之何！」

④黃花：《淮南子．時則訓》：「菊有黃華。」

⑤紅粉：胭脂和鉛粉，為女子化妝用品，引申為女子代稱。此指徐君猷家歌妓。

⑥看茱萸：見《醉蓬萊》（笑勞生一夢）注八。

滿庭芳

蝸角名[1]，蠅頭微利[2]，算來著甚乾忙[3]？
事皆前定，誰弱又誰強。
且趁閒身未老[4]，儘放我、些子疏狂[5]。
百年裏，渾教是醉，三萬六千場[6]。

思量。能幾許，憂愁風雨[7]，一半相妨。
又何須，抵死說短論長[8]。
幸對清風皓月，苔茵展[9]、雲幕高張[10]。
江南好，千鍾美酒[11]，一曲滿庭芳。

【編年】

元豐五年壬戌（一〇八二年）作於黃州。案：朱本、龍本此詞俱未編年。曹本編元豐五年壬戌，云：「惟細玩此詞意境，與在黃州所作詞相似。而下片『江南好』句，與本集『江南雲葉暗隨車』、『江南岸』、『欹枕江南煙雨』，及『江南父老』等句之地理位置相同。以上諸詞，俱在黃州作，故可斷定此亦黃州作，惟不知在何年。因下片末數句，與本集泥坂詞引及前首《西江月》『照野瀰瀰淺浪』之意境略似，今從本集酌編元豐五年壬戌。」石唐本云：「從詞的內容看，應是到黃州後不久的作品。」暫編於元豐五年。薛本云：「按詞意，蓋黃州作。」暫編於元豐七年四月離黃州前。一位日本學者認為是元豐五年七月六日在武昌（今鄂州市）王文甫家酒宴上所作。以上諸說均為推測，供參考。今暫編元豐五年，以待詳考。

【箋註】

①蝸角：言其藐小。《莊子．則陽》：「有國於蝸之左角者，曰觸氏；有國於蝸之右角者，曰蠻氏。時相與爭地而戰，伏尸數萬，逐北旬有五日而後反。」沈約《細言應令》：「蝸角列州縣，毫端建朝市。」

②蠅頭：《南史》卷四一《衡陽元王道度傳》：「殿下家自有墳素，復何須蠅頭細書，別藏巾箱中。」後亦指微小財利。

③著（着）甚：猶言作甚。周邦彥《滿路花》詞：「也須知有我，着甚情悰，但你忘了人呵。」乾忙：猶言空忙。杜甫《寄邛州崔錄事》詩：「終朝有底忙。」

④閒身：清閒少事之人。張籍《題韋郎中新亭》詩：「藥酒欲開期好客，朝衣暫脫見閒身。」

⑤放：張相《詩詞曲語辭匯釋》卷一：「放，猶教也；使也。」疏狂：狂放不羈貌。白居易《代書詩一百韻寄微之》：「疏狂屬年少，閒散為官卑。」

⑥三萬六千：李白《襄陽歌》：「百年三萬六千日，一日須傾三百杯。」。

⑦憂愁風雨：葉清臣《賀聖朝》詞：「三分春色二分愁，更

一分風雨。」

⑧「抵死」句：張相《詩詞曲語辭匯釋》卷一：「抵死，猶云分外也；急急或竭力也；亦猶云終究或老是也。」此為「竭力」的意思。說短論長，《文選》卷五六崔子玉《座右銘》：「無道人之短，無說己之長。」

⑨苔茵：以蒼苔作褥薦。顧況《送友人失意南歸》詩：「鄰荒收酒幔，屋古布苔茵。」

⑩雲幕：雲如幕也。杜甫《江亭送眉州辛別駕昇之》詩：「柳影含雲幕，江波近酒壺。」

⑪千鍾美酒：孔鮒《孔叢子》卷下《儒服》：「平原君與子高飲，強子高酒，曰：昔有遺諺：『堯舜千鍾，孔子百觚，子路嗑嗑，尚飲十榼。』古之聖賢，無不能飲也。」敬括《華蕚樓賦》：「奉常陳百戲之樂，大官進千鍾之酒。」

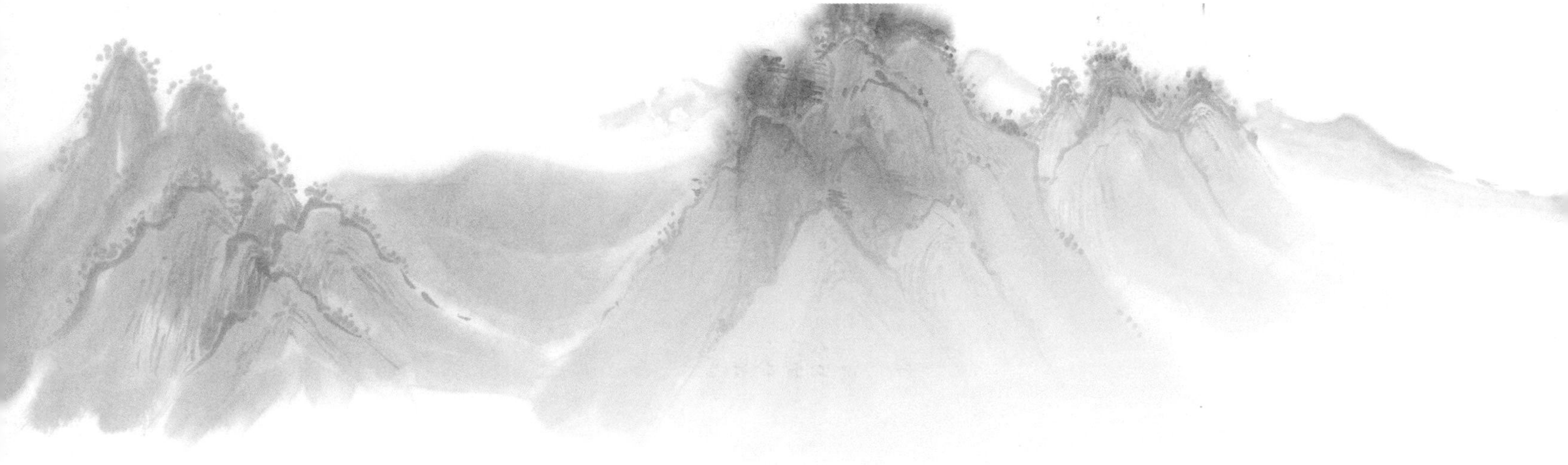

臨江仙

（夜歸臨皋①）

夜飲東坡醒復醉，歸來髣髴三更。
家童鼻息已雷鳴②。
敲門都不應，依杖聽江聲。
長恨此身非我有③，何時忘卻營營④。
夜闌風靜縠紋平⑤。
小舟從此逝⑥，江海寄餘生。

【編年】

元豐六年癸亥（一〇八三年）四月，作於黃州。案，王文誥《蘇詩總案》卷二二：「元豐五年九月，雪堂夜飲，醉歸臨皋作《臨江仙》詞。」朱本、龍本、曹本均依《總案》。此說有誤。據《避暑錄話》載，此詞作於風傳蘇軾在黃州病逝不久。詳見參考資料。而當時傳言蘇軾仙化，實有其事。《蘇軾文集》卷七一《書謗》云：「有人妄傳吾與子固同日化去，如李賀長吉死時事，以上帝召也。」曾鞏病逝於元豐六年四月十一日，見林希《曾鞏墓誌銘》。傳聞應熾於元豐六年四月十一日之後，「未幾」，即在四月末至五月初。

【箋註】

①臨皋：臨皋亭：《蘇軾詩集》卷二〇《遷居臨皋亭》查注引許端夫《齊安拾遺》：夏澳口之側，本水驛，有亭曰臨皋。」又引《名勝誌》：「臨皋館在黃州朝宗門外。」明弘治《黃州府誌》卷四：「臨皋館在城南，即古臨皋亭，宋蘇軾初謫黃寓居此亭，有詩曰：『臨皋亭中一危坐，三月清明改新火。』後秦檜父官於黃，生檜於亭，改亭為館。後為臨皋驛，今改為赤壁巡司。」

②鼻息雷鳴：韓愈《石鼎聯句序》：衡山道士軒轅彌明，與進士劉師服、校書郎侯喜，聯石鼎詩已畢，道士曰：「此皆不足與語，吾閉口矣。」即倚牆睡，鼻息如雷鳴。二子怛然失色。

③身非我有：《莊子．知北遊》：「舜問乎丞曰：『道可得而有乎？』曰：『汝身非汝有也，汝何得有夫道？』舜曰：『吾身非吾有也，孰有之哉？』曰：『是天地之委形也。』」此言在仕宦中，拘於外物，而身不由己也。

④營營：紛擾貌。《莊子．庚桑楚》：「無使汝思慮營營。」

⑤縠紋：傅注：「風息浪平，水紋如縠。」劉禹錫《竹枝詞》其三：「江上朱樓新雨晴，瀼西春水縠紋生。」

⑥「小舟」二句：謂棄官歸隱，浪迹江湖。高適《奉酬睢陽李太守》：「寸心仍有適，江海一扁舟。」謝靈運《君子有所思行》詩：「餘生不歡娛，何以竟暮歸。」

鷓鴣天

林斷山明竹隱牆①。
亂蟬衰草小池塘②。
翻空白鳥時時見③，
照水紅蕖細細香④。
村舍外，古城旁。
杖藜徐步轉斜陽⑤。
殷勤昨夜三更雨⑥，
又得浮生一日涼⑦。

【編年】

元豐六年癸亥（一〇八三年）六月作於黃州。朱孝臧《東坡樂府》卷二：「案公以甲子四月去，此詞乃六月景事，酌編癸亥。」案：據原題解，此詞當作於黃州，至於何年何月，因別無他證，難於確定。暫依朱說，編癸亥六月，俟再考。

【箋註】

①林斷山明：王融《江皐曲》：「林斷山更續，洲盡江復開。」顏延之《贈王太常僧達》詩：「庭昏見野陰，山明望松雪。」

②亂蟬衰草：韋莊《江上題所居》詩：「落日亂蟬蕭帝寺，碧雲歸鳥謝家山。」李白《謝公宅》詩：「荒庭衰草徧，廢井蒼苔積。」

③白鳥：沈約《休沐寄懷》詩：「紫籜開綠篠，白鳥映青疇。」

④紅蕖細細香：杜甫《狂夫》詩：「風含翠篠娟娟淨，雨裛紅蕖冉冉香。」又：《嚴鄭公宅同詠竹》詩：「雨洗娟娟淨，風吹細細香。」

⑤杖藜徐步：杜甫《絕句漫興九首》其五：「腸斷江春欲盡頭，杖藜徐步立芳洲。」

⑥殷勤：猶言多謝。徐鉉《寄和州韓舍人》詩：「殷勤雲上雁，為過歷陽城。」

⑦「浮生」句：李涉《題鶴林寺僧舍》詩：「因過竹院逢僧話，又得浮生半日閑。」

浣溪沙

（自適）

傾蓋相逢勝白頭①。
故山空復夢松楸②。
此心安處是菟裘③。
賣劍買牛吾欲老④，
乞漿得酒更何求⑤？
願為祠社宴春秋⑥。

【編年】

元豐六年癸亥（一〇八三年）秋冬間，作於黃州。朱本、龍本此詞俱無編年。曹本以此詞上片末句，唯常州足以當之。又以熙寧七年甲寅《常潤道中有懷錢塘寄述古五首》之五，與此詞意境相似，故編為元豐八年乙丑五月間初到常州時作。劉崇德《蘇詞編年考》云：「前闋（指此詞）毛本題為『自適』，後闋（指『炙手無人傍屋頭』闋）題為『寓意和前韻』，皆與詞中內容不符。前詞（當為後詞）云：『顧我已無當世望，似君須向古人求。歲寒松柏肯驚秋』，皆為贈友或與友人唱和之語。查蘇軾在黃州時，與鄰郡光州太守曹九章唱和有《次韻曹九章見贈》詩云：『蘧瑗知非我所師，流年已似手中蓍。正平猶肯從文舉，中散何曾靳孝尼。賣劍買牛真欲老，得錢沽酒更無疑。雞豚異日為同社，應有千篇唱和詩。』詩詞內容一致，語句也有相同之處。詩為元豐七年春季所作；而詞云：『歲寒松柏肯驚秋』，或為前於此之元豐六年秋冬間所作。元豐六年蘇軾曾有《杭州故人信至齊安》一詩云：『一年兩僕夫，千里問無恙。相期結書社，未怕供書帳。還將夢魂去，一夜到江漲。』蘇軾對曹九章及杭州故人都願意時一唱和，故此處『相期結書社』，即指杭州同社。」薛本認為此詞所詠意境，與蘇軾熙寧七年三月過常州時所作《常潤道中有懷錢塘寄述古五首》之五相似，因臆為同時寄述古而作。下闋與此詞步韻，故同編甲寅三月。一位日本學者認為，從意境和內容看，定是在常州所作，但季節在秋天，因定此二詞為元豐七年九月在宜興作。諸說見仁見智，尚待詳考。今暫依劉說。

【箋註】

①「傾蓋」句：《文選》鄒陽於《獄上書自明》：「語曰：『白頭如新，傾蓋如故。』何則？知與不知也。」李善注引《漢書音義》曰：「或初不相識相知，至白頭不相知。」（《漢書》卷五一《鄒陽傳》孟康注：「初相識，至白頭不相知。」）李善注引文穎曰：「傾蓋，猶交蓋駐車也。」此謂與曹九章一見如故，相交甚得，結為摯友。

②「故山」句：謝靈運《初發石首城》詩：「故山日已遠，風

波豈還時。」劉禹錫《調樂天見寄》詩：「若使吾徒還早達，亦應蕭鼓入松楸。」此謂歸蜀中故鄉無望，故山松楸空復夢中相見矣。

③「此心」句：《左傳・隱公十一年》：「使營菟裘，吾將老焉。」注：「菟裘，魯邑，在泰山梁父縣南。不欲復居魯朝，故別營外邑。」後稱告老退隱的居處為菟裘。此謂故山無望，將老於是鄉，乃化用白居易「此心安處即吾鄉」詩意。

④「賣劍買牛」句：《漢書》卷八九《龔遂傳》：「龔遂字少卿，山陽南平陽人也。」「上以為渤海太守……民有帶持刀劍者，使賣劍買牛，賣刀買犢，曰：『何為帶牛佩犢！』」蘇軾於熙寧七年春《次韻曹九章見贈》詩有「賣劍買牛真欲老，得錢沽酒更無疑」等語，與此詞意思相同。

⑤乞漿得酒：傅注：「《陰陽書》云：『太歲在酉，乞漿得酒。』」曾慥《類說》卷三五引《意林》：「《袁準（原誤作惟）正書》曰：歲在申酉，乞漿得酒。」此喻指結交九章，事出意外，表示心滿意足。

⑥「願為祠社」句：韓愈《南溪始泛》詩三首其二：「願為同社人，鷄豚燕春秋。」案蘇軾元豐六年《杭州故人信至齊安》詩中有「相期結書社，未怕供書帳」等語，此「願為祠社宴春秋」，即希望與曹九章及杭州故人「相期結書社」之意。

滿庭芳

（元豐七年四月一日，余將自黃移汝①，留別雪堂鄰里二三君子言。會李仲覽自江東來別②，遂書以遺之。）

歸去來兮，吾歸何處？萬里家在岷峨。
百年強半③，來日苦無多。
坐見黃州再閏④，兒童盡、楚語吳歌⑤。
山中友，雞豚社酒⑥，相勸老東坡。

云何？當此去，人生底事，來往如梭！
待閒看，秋風洛水清波⑦。
好在堂前細柳⑧，應念我、莫翦柔柯⑨。
仍傳語，江南父老⑩，時與曬漁蓑。

【編年】

元豐七年甲子（一〇八四年）四月作於黃州。傅藻《東坡紀年錄》：「元豐七年甲子，四月一日將自黃移汝，以留別雪堂鄰里作《滿庭芳》。」

【箋註】

① 自黃移汝：《續資治通鑑長編》卷三四二：「元豐中，軾繫御史獄，上本無意深罪之……遂薄其罪，以黃州團練副使安置，然上每憐之。一日，語執政曰：『國史大事，朕欲俾蘇軾成之。』執政有難色。上曰：『非軾則用曾鞏。』其後鞏亦不副上意，上復有旨起軾，以本官知江州。中書蔡確、張璪受命，王震當詞頭。明日改承議郎江州太平觀。又明日，命格不下，於是卒出手札，徙軾汝州。」汝：汝州，隋大業二年置，以州境有汝水得名。治所在今河南省臨汝。

② 李仲覽江東來：王質《雪山集》卷七《東坡先生祠堂記》：「楊元素起為富川，聞先生自黃移汝，欲順大江逆西江，適筠見子由，令富川弟子員李翔，要先生道富川。《滿庭芳序》所謂『會李仲覽自江南來』者是。」陸心源《宋詩紀事補遺》卷二五：「李翔字仲覽，湖北興國人。元豐進士。博學，工吟咏。東坡謫黃州，每訪之，作懷坡閣以寓思慕之意。」

③「百年強半」二句：韓愈《除官赴闕至江州寄鄂岳李大夫》詩：「年皆過半百，來日苦無多。」蘇軾時年四十九歲。強半：過半。杜牧《題池州貴池亭》詩：「蜀江雪浪西江滿，強半春寒去復來。」

④ 坐見：猶云徒然看着，坐，徒也。韋應物《樓中月夜》詩：「坐見蒼林變，清輝愴已休。」再閏：傅注：「公作《黃州安國寺記》云：『元豐二年，余自吳興守得罪，以為黃州團練副使。明年二月至黃州。』與陳季常詩序云：『余在黃州四年，余三往見季常。』『七年四月，余量移汝州。』以是二者考之，則知公自元豐三年二月到郡，七年四月移汝州，其實在黃州四年零兩月也。元豐三年閏九月，六年閏六月，則『再閏』可知。」

⑤「兒童盡楚語」句：《漢書》卷四〇《張良傳》：「為我楚舞，吾為若楚歌。」師古注：「楚歌者，楚人之歌，猶吳歈越吟也。」黃州一帶舊屬戰國楚地，又為三國時吳地。軾謫黃日久，「楚音變兒童」，孩子們都學會吳楚之地語言、歌曲，故云。

⑥雞豚社酒：韓愈《南溪始泛》詩三首其二：「願為同社人，雞豚燕春秋。」鄭谷《書村叟壁》詩：「春蔬和雨割，社酒向花篘。」古代習俗，春秋祭社神，鄰里皆聚會飲酒。

⑦「秋風」句：賈島《江上憶吳處士》詩：「秋風吹渭水，落葉滿長安。」杜甫《將曉二首》其二：「寒沙縈薄霧，落月去清波。」蘇軾量移汝州距洛水不遠，故云。

⑧堂前細柳：傅注：「公手植柳於東坡雪堂之下。」

⑨莫翦柔柯：《詩．召南．甘棠》：「蔽芾甘棠，勿翦勿伐，召伯所茇。」張籍《新桃詩》：「顧託戲童兒，勿折吾柔柯。」此蘇借來作比，言黃州人應顧念我們的友誼，不要折我雪堂前手植的細柳。

⑩「江南父老」三句：傅注：「齊安在江北，與武昌對岸，公每渡江而南，歷游武昌之地，故有江南父老之句。」此言託李翔（仲覽）傳語江南父老，常曬我昔日所穿之漁蓑，以待來日再遊。

蘇軾譜系圖

Su Shi's Family and Friends

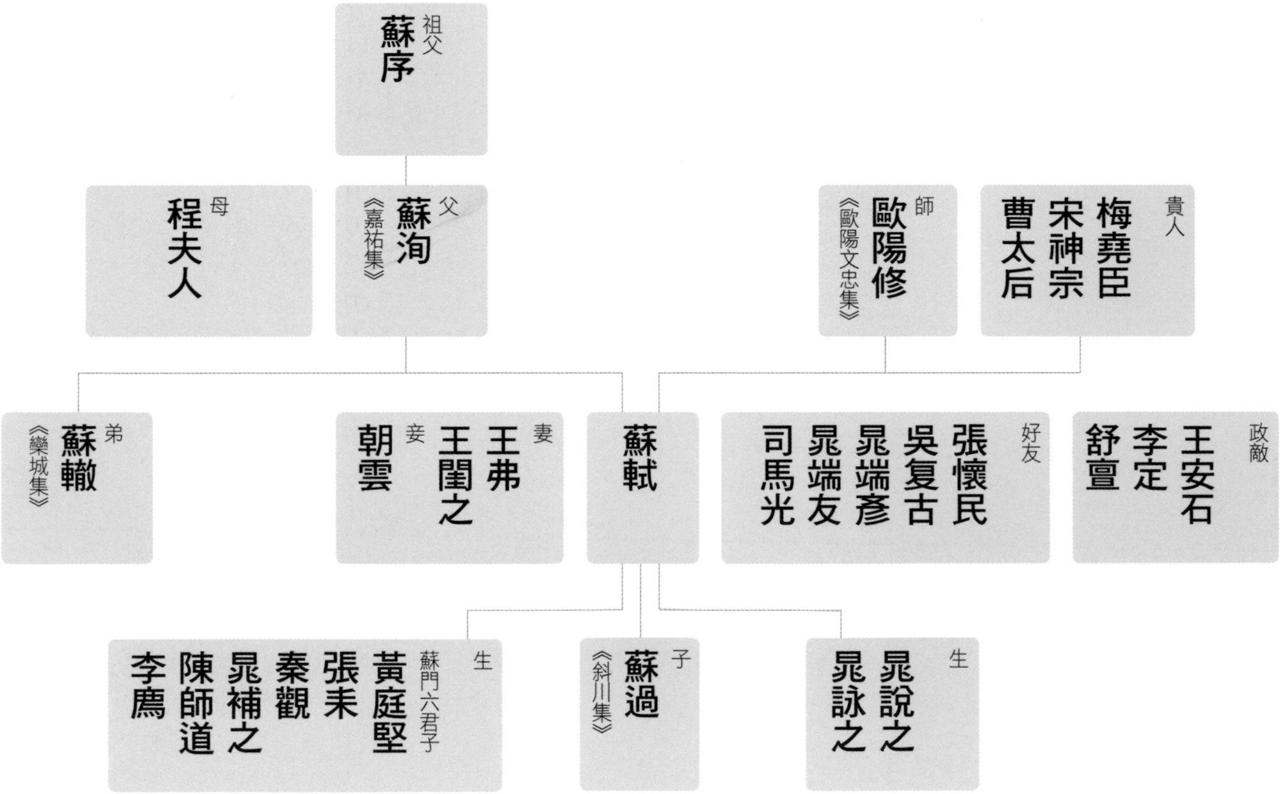

延伸的書、音樂、影像

Books, Audios & Videos

《漢字書法之美：舞動行草》

作者：蔣勳
出版社：遠流出版社，二〇〇九年
作者談漢字的起源和書寫的美學，以獨特的美學情懷，述說動人的漢字書法故事。

《蘇軾詞編年校注》（全三冊）

作者：王宗棠、鄒同慶
出版社：中華書局，二〇〇二年
本書以明吳訥編《東坡詞》為底本，利用近人研究成果，對蘇軾詞做了全面精細的校勘和頗有創見的編年。

《東坡樂府箋》

作者：龍榆生 箋注
出版社：上海古籍出版社，二〇〇九年
蘇東坡是中國文學史上最著名的詞人，歷來深受研究者和愛好者的關注。《東坡樂府箋》由清代著名學者朱孝臧編年校注，近代詞學大師龍榆生作箋。

《蘇東坡傳》

作者：林語堂
出版社：台北遠景出版社，二〇〇五年
宋代名家蘇東坡，創作雖聞名天下，仕途卻歷經艱辛，但始終不改其樂觀的天性，在詩、文、詞、書、畫等方面都展現出傲人的成就。作者林語堂將這一位文學家、書畫家的一生娓娓道來，一個性格鮮明、多才多藝、形象飽滿的蘇東坡。

《東坡志林》

作者：王松齡 點校
出版社：中華書局，一九八一年
為蘇軾自元豐至元符二十年中之雜說史論，內容廣泛，無所不談。其中各篇文長短不拘，行雲流水，涉筆成趣，開啟了明代小品文的風格。《東坡志林》中，包含了蘇軾平日生活的言行、見聞、感觸等等諸方面的記載，是最能展現蘇軾真實面貌與性格特質的一本書。

浪淘盡千古風流人物：蘇軾文史地理資訊系統

http://cls.hs.yzu.edu.tw/su_shi/index.html
提供詳盡的蘇東坡資料，包含蘇軾的「文學作品」、「師友交遊」、「生平軼事」、「生平紀事」，以及相關的「建築景點」、「方志地圖」等。

《雲門舞集：行草三部曲》

編舞：林懷民

由《行草》、《行草貳》、《狂草》合為三部曲。《行草》以充沛的力道著重於濃墨，而《行草貳》以冥想的基調探討淡墨，引出宋瓷的寧靜之美。三部曲終結篇《狂草》，是繼前兩部作品之後，再度由書法美學汲取靈感而作的舞蹈。《狂草》首演後，即獲台灣「台新表演藝術獎」。二〇〇六年，《行草三部曲》在香港藝術節、柏林穿越藝術節演出，皆獲得熱烈好評，並為德國《今日劇場》與《國際芭蕾》雜誌邀請的眾多舞評家選為「年度最佳舞作」。

圖片來源

封面

北宋蘇軾東坡書黃州寒食詩（局部）：國立故宮博物院

他們這麼說這部作品

繪圖：賴建富

和作者相關的一些人

繪圖：賴建富

這本書要你去旅行的地方（p.10）

三蘇祠：fotoe、西湖：TOP PHOTO、東坡井：fotoe、東坡赤壁：佘永安攝、東坡書院：fotoe

蘇堤：TOP PHOTO

1.0 導讀

蘇軾回翰林院圖（p.15）：fotoe

北宋蘇軾東坡書黃州寒食詩（局部）（p.16、p.17、p.25、p.27、p.29、p.31、p.33、p.35、p.39、p.41、p.43、p.45、p.47、p.49、p.51、p.53、p.54、p.57、p.59、p.61、p.63、p.65）：國立故宮博物院

綿山（p.21）：TOP PHOTO

晉文公復國圖（p.23）：fotoe

蘇軾《新歲展慶》、《人來得書》合卷（p.37）：北京故宮

莊嚴《臨江仙》（p.67）：蔣勳提供、吳柔克攝影

2.0 原作

北宋蘇軾東坡書黃州寒食詩（拉頁）：國立故宮博物院

經典3.0
ClassicsNow.net

蒼涼的獨白書寫 寒食帖

原著：蘇軾
導讀：蔣勳

策畫：郝明義
主編：冼懿穎　徐淑卿
美術設計：張士勇
編輯：李佳姍
圖片編輯：陳怡慈
編輯助理：崔瑋娟
美術編輯：倪孟慧　戴妙容
邊欄短文寫作：吳雅婷
校對：呂佳真

感謝台北故宮博物院與北京故宮博物院對本書之圖片內容提供特別支持與協助

企畫：網路與書股份有限公司
出版者：大塊文化出版股份有限公司
台北市105022南京東路四段25號11樓
www.locuspublishing.com
讀者服務專線：0800-006689
TEL：886-2-87123898　FAX：886-2-87123897
郵撥帳號：18955675
戶名：大塊文化出版股份有限公司
法律顧問：董安丹律師、顧慕堯律師

總經銷：大和書報圖書股份有限公司
地址：新北市新莊區五工五路2號
TEL：886-2-8990-2588　FAX：886-2-2290-1658
製版：瑞豐實業股份有限公司
初版一刷：2010年7月
初版十一刷：2020年10月
定價：新台幣220元
Printed in Taiwan

蒼涼的獨白書寫：寒食帖 / 蔣勳導讀.
-- 初版 . -- 臺北市：大塊文化, 2010.07
面；　公分. --（經典 3.0；10）

ISBN 978-986-213-166-4(平裝)

1.（宋）蘇軾 2. 學術思想 3. 宋詞 4. 詞論

852.4516　　99001771